I'll get you some medicine!
追放された薬師の少女は、
極めたポーションで
辺境の薬屋から成り上がる
お薬、出します!
JN049423

さぁできました！お薬、出します！
メディ
明るく天真爛漫な薬師の少女。
勤めていた治療院を、濡れ衣を
着せられて解雇されてしまう。
父親譲りの薬の知識で、回復
魔法に負けない薬を作り出す。

久しぶりに思いっきり剣を振るえた。
が、少々やりすぎたか。
アイリーン
《極剣》と呼ばれる凄腕の剣士。
落ち着いた言動で大人びた印象
だが、剣術以外はポンコツな面
も。メディの治療によって、か
つての動きや、強さを取り戻し
ていく。

ち、治療って？
もしかしてどうにかなったりする？
エルメダ
天賦の才を持つエルフの魔導士。
しかし体質故に、秘めたポテン
シャルを活かせずに厄介者扱い
されていたところを、メディに
よって心ごと救われる。

私はカノエ。
ワンダール公爵に近づく
不届きな人を追い返すのが仕事なの。
カノエ
とある公爵家に雇われている、凄腕の門番。妖艶で、のらりくらりとした女性。薬学の知識があり、なかでも毒物の魅力に傾倒しているらしいが……？

エ、エルメダさんは少し
お肉がついてきましたねぇ
ウソォ!?

んっ……！
カ、カノエェ！

湯加減を調整したところでメディが入浴剤を投入する。湯がエメラルド色に変化して、それだけで幻想的な仕上がりとなった。

効果／保温効果、傷口の治癒、体内環境の改善が期待できる。

あら、少し刺激が強かったかしら？

I'll get you some medicine!

お薬、出します！
追放された薬師の少女は、極めたポーションで辺境の薬屋から成り上がる

ラチム

ファンタジア文庫

3240

口絵・本文イラスト　朝日川日和

Contents

Herb　Flower　Medicine

1話　濡れ衣を着せられる

「メディ！　お前は患者に毒を処方するところだったんだぞッ！」

朝、治療院にて事件が起こる。薬師メディはこの治療院にて勤務しているが、彼女は毒殺未遂事件の犯人として疑われていた。初老で白髪が目立つ院長ロウメルがこめかみに青筋を立てて激怒している。

この場にいるのは院長ロウメルと治癒師を含む医療従事者達。特にニヤついているのは治癒師のイラーザだ。

「わ、私じゃありません！　調合だって間違えてません！」

「メディ、お前があの毒入りの薬を患者に処方していれば殺していたのだぞ！　あれを見ろ！」

ぶちまけられた液体の薬が、床の表面を溶かしていた。メディには身に覚えがない。こうなった経緯についてもメディは納得していなかった。

「お前が調合した薬は看護師によって入院している患者の元へと運ばれる。その過程でこれだ。クルエ、そうだろう？」

「はい、ロウメル院長……。うっかり転んでこぼしてしまって……それがこんなことになるなんて……」

メディが薬を調合して、入院患者へ運ぶのはクルエのような看護師の役目だ。

メディはきちんと適切な薬を手渡して、クルエに託した。毒など入れるはずがないとメディは涙目になりながら心の内で自己弁護している。

ロウメルはメディに追い打ちをかけるように睨みつけた。

「世は魔法時代。時代遅れとされた薬師に取って代わったのが回復魔法を使える治癒師だ。とはいえ、メディ。お前の腕を見込んで雇ったのは事実だ。この一年間、信頼して仕事を任せていたのだぞ」

「信じてください！　あの毒は明らかに外部から持ち込まれたものです！　なんで私が患者さんを殺さなきゃいけないんですか！」

「イラーザ、話せ」

邪悪な笑みを浮かべた中年治癒師のイラーザが、怖気づいたメディに詰め寄った。

「メディ、あなたは誰も見ていないと思ってこっそりあの毒を仕込んだわね。私はしっかり見ていたのよ」

「私がいつそんなことを！」

イラーザは中年と言われる年齢であり、皺が目立つ。ブロンドの髪をかきあげて、メディを見下していた。

「クルエ！　言ってやりなさい」

「はい、イラーザさん」

出番が来たかのように看護師クルエがイラーザの隣に立つ。狐のような面長の顔立ちで、目つきは鋭い。

「私、聞いてしまったんです。メディは日頃から待遇への不満を漏らしていました。治癒師以下の給料だとかブツブツ言いながら、その目は虚ろでした……」

「デ、デタラメです！」

「メディさん。デタラメかどうかはこの子達の証言をもって明らかになるわ」

「この子達って……」

看護師達が口々にメディの犯行を裏付ける証言を始める。

メディが怪しげな薬を持ち歩いていた、話しかけたら狼狽えた。食事はいつも質素、金がないという状況を裏付ける発言まで出た。

挙句の果てには寮の自室のドアを乱暴に閉めたなど、些細なものでも積もれば山となる。

あることないことを告げる彼女達に、メディは怒りが湧き上がった。

「いい加減にしてください！　そんなの……」

「見苦しいわね、メディ。彼女達の証言を抜きにしてもね。薬師なら当然、手元が狂うなんてこともあるでしょう？」

「ありませんっ！」

「いい加減にしなさいッ！」

　イラーザの平手打ちだ。メディが涙を滲ませる。

「目撃者がいるのよ！　あなたも医療の現場に携わる人間ならきちんと詫びなさい！　それが誠意よ！」

「う、うぅっ……！」

「早く！」

「いや、です……」

「は？」

「自分の仕事……薬に関しては嘘をつきたくありません」

　イラーザがフンと鼻を鳴らす。

「恩を仇で返しておきながら、どうしようもない子ね」

「まったくです、イラーザさん」

イラーザとクルエが勝ち誇っていた。

恩を仇で返す、メディはロウメルに恩がある。どこの治療院でも、薬師は治癒師に劣るとされて雇ってもらえなかった。そんな中、ようやくメディを認めたのがロウメルなのだ。メディとしては何一つ不満がない日々だった。

薬師のメディが来てからは患者の退院率が上がり、来院客の数も増えている。ロウメルもすっかりメディを気に入っていた。

この一年間は順風満帆だったはずだと、メディは悔し涙を流した。

ロウメルが彼女の前へ立つ。

「メディ、本来であれば衛兵へ突き出すところだ。しかし、今までの功績に免じて解雇で済ませよう」

「か、解雇……」

「私としても残念だよ。君は治癒師顔負けの腕を振るって当院に貢献してくれたのだからな」

治癒師顔負けというロウメルの発言に、イラーザは歯ぎしりをする。

彼女はメディを疎ましく思っていた。何せ魔法も使えない小娘が回復魔法以上の成果を上げているのだ。治療院の古株として君臨していたイラーザとしては面白くなかった。

「ロウメル院長。メディがやったことは明らかに殺人未遂です。甘すぎるのでは？」

「イラーザ。もっともだが、私はそれだけメディの功績を重く見ている」

「隠蔽になりますよ？」

「どう受け取ってもらっても構わない。もちろん私が責任をとる。さて、メディ」

震えて涙を流すメディの肩にロウメルが手を置いた。

「今日中に荷物をまとめて出ていってほしい。これは少ないが生活資金にしてくれ。今までご苦労だった」

「お、お心遣い感謝します……。お世話になりました……それでは、し、失礼します。皆さんのご健康を、お、お祈りして……ます」

メディが肩を落として姿を消した。渡された金額は決して少なくないものの、無罪を主張するメディにとっては慰めにもならない。

メディの背中をロウメルは憂いを含んだ目で見送る。そんなロウメルをイラーザが凄まじい形相で睨みつけていた。

メディは部屋で荷物をまとめながら、自分の過去を振り返る。故郷の村で唯一の癒やし手だったメディの父も薬師だった。魔法が溢れる世の中において、薬師はすでに時代遅れ。

それでも田舎では重宝されていた。

最初こそ回復魔法を扱う治癒師に憧れたメディだったが、働く父の姿に胸を打たれるようになる。いつしか父の下で薬師の修業を始めた。

――メディ、誰かを助けることに快感を覚えたら一人前だ。

俺達はどこまでいっても人間だ。嫌なことはやれねぇからな。

だったら人間らしく快感を覚えりゃいいんだ。

メディは父の言葉を心の中で反芻（はんすう）した。言われるまでもなく、メディはすでに目覚めている。栗色（くりいろ）の髪、十五歳にしては小柄な背丈。甘く見られがちな少女だが、決して大人しくない。

助けたくて、薬を出したくて仕方ないのだ。しかし実家がある小さな村には父がいる。貧乏な実家の稼業（かぎょう）として二人の薬師は過剰だ。だからメディは村を出た。

「納得できないッ！」

乱暴にカバンに荷物を詰め込みながら、村にいる父を思い出す。

父を超えるのもメディの夢だ。今の自分は父の足元にも及ばない。だからこそ、今回の解雇はショックだった。父であれば、このような事態にならなかったのではないか。メディは己の未熟さを恥じていた。

自分の腕ではイラーザとクルエの企みを覆すほどではなかったと、メディはどこまでも愚直だ。

イラーザは三十年以上、治療院で働いている。大半の者が彼女の機嫌を損ねないように気をつかっていた。クルエはその中でも露骨に媚びを売っている。

対してメディは約一年。

ロウメルがどちらを信じるかとなれば明白だった。

警備隊に通報したところで逆転の芽があるとも思えず、メディは脱力して心機一転に努める。

「……諦めません。もっと多くの人を助けます。そうします」

屋敷を出てから振り返った。ここに来てから約一年間の出来事が鮮明に蘇る。

長年、入院した患者でもメディの薬にかかれば、たちまち完治に向かう。二度と退院できないと噂されていた老人が立ち上がり、病室で大声で歌えるほどになった。

患者の体質を詳細に見抜いて、特定の個人だけの薬を調合することでメディは難病すら完治させたのだ。元患者の誰もがメディに何度も感謝の言葉を口にする。手を握った時の温かみをメディは思い出せるほどだ。

今、同僚達は誰一人として、見送りに出てこない。寂しい気持ちはあったが、大切なのはこれからだ。そう考えることで、メディは心機一転した。しかし——

「はてさて?」

当然、悩む。ただしあくまで行先のみだ。メディはすでに疼いていた。

「どこに行けばお薬、出せますかねぇ。どこです? どこなのです?」

屋敷を離れて、メディは町を歩いて魔道列車が到着する駅へと向かう。当てなどない。果たして、自分を必要としている者がいるのかどうか。メディは考えた。

「お父さんは治癒師もいない田舎の村で薬師として働いてます。他にも、そういう場所があるはずです」

メディは魔道列車の行先を確認する。選んだ最終目的地は辺境の地だった。魔道列車を乗り継いで、更に徒歩で数日かかる。

そこならば薬師でも必要としてくれる人がいると、メディには自信があった。

2話　新天地

「さむっ⁉」

長旅を経てメディが辿りついたのは大陸南端に位置する寒冷地にあるカイナ村だ。夏に当たる今の季節でも肌寒さを感じるほどであり、冬になれば豪雪地帯となる。

今は大袈裟に震えるほどの気温ではないが、温かい地域に住んでいたメディにとっては少々つらい。

それでもなぜメディはこの地を選んだのか。メディは確信をもって、この場所だと決めていた。

「いい感じに人が少なそうですねぇー。雪なんかに降られたらどこにもいけませんよ、これは本当に」

誰でもどこでも医療の恩恵を受けられるわけではない。特にこの場所は気候によっては陸の孤島と化す。

村を歩き回ったメディはどこにも治療院が見当たらないことを確認してから、村長の元へと向かった。村への移住や営業を認めてもらうためだ。結果、村長の家にて熱烈な歓迎を受けた。

「いいとも！　君のような若い移住者は大歓迎だ！」

「ありがとうございますっ！　あ……村長！」

「な、なにかね？」

「ご病気をお持ちですね。それもかなり厄介な……」

「……うむ。先は長くないと感じている。夜中には咳(せき)が止まらんしな……。何せ治療院もないこの村だ。大人しく余生を過ごそうと思っておるよ」

　メディの見立てでは村長の命は一年ともたない。まともな治療院でも匙(さじ)を投げられるほどだ。しかしメディは諦めない。

「いえ、大丈夫です」

「へ？」

　メディはバッグから調合釜を取り出す。村長は目を見開いた。居間のテーブルに調合釜を置く。

「ほぉ！　調合釜！　なつかしいのう！　今ではすっかり見なくなったと思ったが……」

「薬師(くすりし)の必須アイテムです。これ一つで何でもできるんですよ」

通常では成分を抽出できない素材からの抽出、またはより多くの成分を抽出するなどの恩恵があるのが調合釜だ。これ一つで火を使わず、組み込まれている火魔石のおかげで加熱できる。

薬師の必須アイテムで、持ち運びができるほど手軽な大きさだった。

「今から調合するのか？」

「適切な薬は個人によって変わるんです」

村長の体質、年齢、現在の健康状態。メディは見ただけで相手のそれらを見抜ける。

ただし確実なものにするには——

「失礼します」

「ん？」

メディが村長の頭や肩、腰に手を当てた。

「なるほど！　わかりましたっ！」

メディがバッグから取り出したのは三つの素材だった。

・魔力水　　　ランク：C　・レスの葉　　　ランク：C

・グリーンハーブ　ランク：C

調合に使用する素材は同じものでも質によってランクが変わる。

質がよければそれに越したことはないが、質に大きく左右されるようでは薬師として半人前。メディは父の言葉を忘れない。

「レスの葉には治癒効果を促す成分が入ってるんですよ。調合釜に魔力水を入れて、強火で温める。この時、半端(はんぱ)な温度だと成分が十分に抽出されません」

「う、うむ」

「だからグラグラと沸騰するまで温めます！　そこでようやくレスの葉を投入！　それからすぐにかき混ぜます！　それそれそれそれぇぇぇぇっ！」

「な、なんという手際(てぎわ)！」

村長には木製の棒でかき混ぜるメディの手が見えなかった。角度、力加減、少しでもずれてしまえば品質に影響する。

素材によって混ぜ方が変わる為(ため)、薬師の腕を左右する大きな場面だ。沸騰した魔力水が渦を作っても、メディは手を止めない。

「も、もういいんじゃないのかね？」

「よくないんですよぉ！　ここで手を緩めるとレスの葉は成分の抽出を止めます！　質が悪いポーションは大体、ここで失敗してます！」

「おおおぉぉ！」

・レスの魔力水　ランク：A

素人であるの村長では見ただけでその質は判断できない。しかしメディが作ったそれは、水よりも透き通ると思わせるものだった。

出来上がったレスの魔力水を別の容器に取り分けて、メディは別の作業に移った。

「グリーンハーブは毒消しの効果がありますが、これには注意が必要なんです。村長さんの体質に合わせて、このくらい使用しますね」

「そ、そんな少し千切っただけのものでいいのか!?」

「グリーンハーブの毒消し成分は刺激が強いんです。大量に摂取すると、免疫力が低下した方には逆効果です」

「なるほどな」

薬の知識がない村長では頷くことしかできないが、メディの言葉には強い説得力を感じた。

それは一流の薬師たる品格から発せられるものであり、これまで様々な人間を見てきた村長だからこそ感じられるものでもある。

「村長さん。最近、イリオテの薬草を食べましたか？」

「な、なぜわかった？　あれの炒め物は昔から大好物でな。スープにしてもうまいぞ」

「いけません！　身体にいいと昔から親しまれている薬草ですが、食べすぎると体内によくない成分が溜まるんですよ！　病気を悪化させてる原因ですねぇ……」

「ひえぇぇぇ⁉」

メディは見ただけで相手の身体に関する状態がわかる。異能の域に達しているそれは当然、誰にでも身につけられるものではない。

才能、そして何年も薬と向き合って見つめ続けて初めて身につくものなのだ。

「さっき作ったレスの魔力水が冷めてきましたねぇー。よしよし、よーし」

「楽しそうだのう」

「楽しいですよー。一見、単純に見えて奥が深い分野なんです。やればやるほど夢中になっちゃうんです」

「まさかこの時代に薬師のいい仕事を見られるなんてなぁ……」

メディはグリーンハーブをゴリゴリとすり潰してから、レスの魔力水に投入した。更にボトルの容器に入れてから栓をして両手で振る。

「そのグリーンハーブは煮なくてもいいのか？」

「グリーンハーブは生のままでも、成分の恩恵を受けられるんですよ。さっきも言いましたが、これは刺激が強いんです」

「そうか、そうかぁ。なるほど、作り方がわかればワシもやってみようかの」

「それはお勧めしませんよー。今日、私がやって見せたのはあくまで一例です。素材のランクが変われば、方法も変わるんです」

「ほぉぉぉ……」

「さぁできました！　お薬、出します！」

・ポーション　ランク：A

通常の薬師ではランクCが限度だ。Bで天才、Aは神業とされている。Aなら、並みの治癒師が諦める病すら完治させるほどだ。

メディが言う通り、素材のランク次第で調合の方法が変わる。更に些細（ささい）なことで成分を破壊してしまうので、まさに薬師の腕次第だ。

「おぉ……！」

透き通る水から透き通る緑色の液体に変化した。差し出されたそれに村長は少しの間だけ見惚（みと）れてしまう。それからボトルからコップに移して、少しだけ飲んだ。

「こ、これは意外と飲みやすい……！」

「ささ！　ぐいっといっちゃってくださいっ！」

ぐいっといった村長があっという間に飲み干した。それから間もなく立ち上がる。

「なんだか身体がすっきりしたような気がするぞ！　鼻や喉が清々しい！　咳の気配もない！」

「元気になってもらえてよかったです！」

「このまま走り出せそうだ！　身体が軽い！」

「あ、無理はしないでくださいね」

メディの制止も聞かずに村長は家中を走り回る。満足してからはメディの手を握って感謝を伝えた。

「君はこの村で薬屋をやるといい！　いや、ぜひお願いする！」

「頭を上げてくださいよ、村長。そのつもりですよ」

「おぉ！　ではさっそく準備しよう！」

村長が外へ飛び出して行ってしまった。何の段取りも説明も受けていないメディが慌てて追いかける。

この日、村長は大声で村中に薬屋開業の宣伝をして走り回った。今まで、とぼとぼと歩いていた村長を知る者は、ついに頭がおかしくなったと勘違いしていた。

3話　薬屋完成

今は使われていない空き家を改修して、メディの店が完成した。調合室や薬を保管する倉庫など、すべてメディの思い通りだ。

これに自宅が併設して、メディはすでに至る所に頬ずりしている。工事費用は村長が負担しており、至れり尽くせりの状態にメディは遠慮しないこともない。ないのだが、工事担当者の村人はすでに引いている。

「はぁぁ……これが私の店……。ここでたくさんの人に薬を……うふふ……」

「だ、大丈夫か？」

「心身ともに健康ですよ？」

「そうか……。一通り、工事は終わったから何かあったら呼んでくれ」

そそくさと村人達が出ていく。カウンターにへばりついて頬ずりする少女はしばらく自分の世界にいた。

「それにしてもあの村長さん、すごいお金持ちですね……。こんな小さな村なのに、なかなか立派なお店ができました」

　感心してばかりもいられない。メディは村の様子を考えていた。

　寒冷地では農作物があまり育たず、農業従事者はあまり多くない。生計はもっぱら狩猟と酪農だ。あまり裕福とは言えない村の状況を考えると、薬の代金も高く請求できない。

　その上で次の課題は素材の仕入れだ。

　とはいえ、治療院の時も質素な食事をしていたほどである。メディにとって薬の調合以外の楽しみなどなく、食べて飲んで眠れる場所さえあればいい。収入などメディにとっては二の次だった。

「ここが薬屋でいいのか？」

「はい、そうです！　いらっしゃいませ！」

　カウンターから離れて、メディは客を迎えた。ふらついてカウンターまでやってくる女性は腰に剣の入った鞘（さや）を携えている。

　その女性を見た途端、メディは息を呑（の）んだ。

　美しい脚線美や整ったボディラインなど、外見だけの話ではない。彼女は健康どころか、身体が完成されすぎているのだ。

　どう鍛え上げればこうなるのか。メディは考えたが、それはその女性の生まれ持ったものだと捉えた。

「この村に薬屋ができたと、村人が話しているのを聞いてな」

「はい。お疲れのようですのでまずはフィジカルポーションを……」

「フィジカルポーションか。じゃ、とりあえず、それを」

その時、店のドアが乱暴に開かれる。入ってきたのは三人の男達だ。

「貴様らは……」

「よう、アイリーンちゃん。ちょうどこの店に入っていくのが見えたんでな」

「失せろ。この店に何かすれば無事では済まさんぞ」

「物騒なこと言うなよ。こちとらポーションは間に合ってんだ。アイリーンちゃんと話がしたくてな」

アイリーンが三人の男達を睨む。ただならぬ雰囲気だが、来店した以上、メディにとっては客だ。

「いらっしゃいませ！　お薬、出します！」

「あ？」

「あ！　あなた……寝不足に暴飲暴食、血管や血液、内臓が悲鳴を上げてます。心臓もこれだいぶ危ないです。お薬でもこれは長期戦になりますねぇ……」

「なんだ、このガキはよぅ⁉」

肥満体の男が顔を歪ませて怒りを露わにする。アイリーンがメディを庇う。男達の興味が再びアイリーンに移った。

「アイリーンちゃんよ。今日の狩りは不調だったみたいじゃねぇか。その傷、どうしちまったんだ？　あ？」

「余計なお世話だ。人の心配より、とっとと仕事を探しに行け」

「だからオレ達がこの村で狩人をやってやろうってんだろ」

「勝手にやればいい。私には関係ない」

「三人より四人、だろ？　パーティあっての冒険者だ。仲よくしようぜ」

冒険者というフレーズでメディは閃いた。素材採取を依頼するという願ってもない展開だからだ。しかしアイリーンが頑なにメディの前から動かない。

「足手まといと組む気はない」

「そうは言うけどよぉ。すでに息が上がってるぜ？　お前こそ実力不足なんじゃねぇの？」

「いえ、そんなことないですよ」

アイリーンの後ろでメディが男達に反論した。またか、という男達の怒りが表情に表れ

ている。

「アイリーンさんのほうが適任だと思います。あなた達はやめたほうがいいです。そんな健康状態で山に入って倒れたらどうするんですか？」

「おい、さっきからお前は何なんだよ」

「薬師（くすりし）として見過ごせません」

「薬師ねぇ……」

男の一人が肩をすくめて仲間に目配せで訴える。時代遅れだと言いたいのだ。

「お嬢ちゃん。薬なら間に合ってるんだよ。ポーションならたっぷりとあるからな」

「そ、それがポーション……？」

男が見せつけたポーションに、メディは思わず眉をひそめる。色合いや透明度など、視覚情報だけでも酷（ひど）いとわかる。そのポーションのランクはG、粗悪品だ。

「それじゃダメです。色合いが悪いのは質が悪いレスの葉を使ったせいでもありますし」

「ごちゃごちゃうるせぇな！」

「乱暴はよせ」

アイリーンが男達を牽制（けんせい）する。まさに殴りかかろうとした男だが、振り上げた拳を下ろした。

「この村で暴れたら居場所がなくなるのは貴様らだ」

「チッ！　アイリーンちゃんよ！　自分の立場をよーく考えるんだな！」

男達が店から出ていく。ただならぬ雰囲気だが、メディはひとまずアイリーンの様子を見た。強がってはいるものの、体力を消耗させている。擦り傷も目立った。

「アイリーンさん、ありがとうございます。あの人達は一体？」

「奴らは最近、この村に来た冒険者だ。奴らのように等級が低い冒険者の中には落ちぶれる連中もいる。この村ならば、自分達でも幅を利かせられると思ったのだろう」

「アイリーンさんはパーティに誘われてましたね。嫌ですか？」

「下衆な下心が見えてはな」

メディにその言葉の意味はわからなかった。ひとまず休めるように、メディは椅子を差し出す。

「すまない」

「まずは休んでください。こちら、フィジカルポーションです」

「ありがとう……。こ、これは」

アイリーンがポーションを一口だけ飲んで固まった。また一口と、ついに我慢できずに一気に飲む。

「ぷはっ……。これがポーションなのか？　喉越しもよく、身体の中にするっと流れ込む！　どういうことだ⁉」

「ポーションは飲みやすさも大切です。良薬、口に苦しとは言いますが、患者さんを不快にさせるようでは三流……とお父さんも言ってました」

「飲みやすいどころかおいしい！　今まで飲んでいたポーションは何だったのだ！」

「さっきの人達が持っていたポーションみたいに、無理がある大量生産のせいで質が悪いものも多く出回ってますねぇ……」

治癒師の台頭や大量生産の手段が生まれたことによって、昔ながらの薬師は姿を消しつつある。そんな時代において、メディのような薬師は珍しい。

「おーい、メディちゃん。言い忘れとったが……おや、アイリーンちゃん」

そこへ村長がやってくる。

「村長、いい薬師が来たな」

村長が入ってきた時にはアイリーンの目はうっとりとしていて恍惚(こうこつ)とした表情だ。そんな彼女に生唾を飲む村長だった。

せっかくなのでメディはアイリーンと村長にハーブティーを出す。

「温かくて落ちつく……。さっきのポーションもそうだが、どれも優しい味だ……」

「そのハーブティーは心を落ちつかせるんです」

メディはアイリーンを改めて観察する。体調不良どころか健康体そのもの、身体のすべてに躍動感があった。

踊り出しそうなほど元気な筋肉、活発に活動する体内機能、人間の身体としてこの上ない完成度だ。メディも冒険者を何度か見たことはあるが、彼女ほどの肉体を持つ者を見たことがない。

メディはアイリーンに見惚れていた。日頃からの健康管理を怠っていないだけではなく、神から与えられたかのような肉体はある意味でメディの理想だった。

「アイリーンさんも冒険者なんですか？」

「そうだ。等級は一級、これでも少しは名が通っていたんだがな」

「一級⁉　そんな方がこんなところに……あ」

口が滑ったと、メディは村長の顔を見る。何せ村長の前で村をこんなところ呼ばわりしてしまったのだ。しかし彼も頷いており、メディは心の底から安心した。

一級冒険者ともなれば、有事の際は戦争などで傭兵としての参加が認められる。功績次第では上流階級と繋がり、仲間入りすることも珍しくない。

特に王族との結婚や王国魔道士団や騎士団の団長就任などという前例があるとなれば、

誰もが夢見る。メディが驚き、村長が認めるのも当然だった。

「だが、最近はさっぱりだ……。せいぜい四級や五級の魔物に手間取る」

カップを掴んだまま、アイリーンは視線を落とす。

冒険者のことはわからないメディだが、アイリーンの不調の原因を見抜いていた。健康状態は良好、身体は最高。メディはアイリーンの細かな仕草まで見落とさない。

――メディ！　健康に見えても病気ってのはどこにでも潜んでるんだ！

人間ってのはどこまでいっても人間だからな！

「私からアイリーンさんに依頼したいのですが」

「薬屋なら素材の採取か？」

「いえ、畑を作ってほしいんです」

「畑？」

最初は素材採取をアイリーンに依頼しようとしたが、今の状態では危ういと思った。そこでメディは閃く。薬草やハーブの畑を作ればいい。

現に優秀な薬師はそういった仕入先を持っている。田舎にいるメディの父も、実は方々に顔を利かせていた。

――長年、商売できる奴は必ず縁を持っている！

　メディ、お前も薬だけ作ってんじゃねえぞ！　縁を作れ！

「お願いです。アイリーンさんには畑を耕してほしいんです。もちろん報酬はお支払いします！」

「私が畑を……」

「いい運動になりますよ！　どうでしょう！」

　いきなり、あなたの問題を解決します、などとメディは言わない。距離を保ちつつ、改善を試みた。

「すまないが断る。アイリーンは少し考え込んでからフッと笑う。私にはやはり剣しかない」

「な、なぜです？」

「昔、パン職人に憧れたことがあってな」

「はい？」

「黒い何かができていた。明らかにパンではなかった。当然、クビだ」

　メディは空気が急に重くのしかかるように感じた。自分はアイリーンにとてつもないことを喋らせている。止めておけばよかったと半ば後悔した。

「次はケーキ職人だ。ケーキは大好きだからな。だが、なぜか黒かった」

「あ、あの」

「家を建てる仕事もやった。何も残らなかった」

「作る仕事なのになぜ……」

「冒険者ギルドの事務員をやった時は書類が黒く塗りつぶされたり蒸発した。そもそも何が書かれているのかもわからない」

「も、もういいです！　わかりました！」

剣しかない。それは比喩でも何でもなかったとメディは青ざめる。アイリーンにはあらゆる仕事の適性がない。彼女ができる仕事は剣を振るって魔物を討伐すること。

しかし今はそれすらこなせない。ふらついて、傷だらけ。四級以下の魔物にすら苦戦する始末らしい。

「何も残らないのだ。剣以外、本当に……」

メディとしては信じがたいが、アイリーンは真剣だった。村長がハーブティーをすすり、大きく息を吐く。

「ふーむ……。しかし皆、アイリーンに感謝しておるぞ。アイリーンがいなければ、どうなっていたかとな」

「村長さん、狩人って本来は誰がやってるんですか？」

「以前は村の若い衆が山に入っておったがの。怪我をして戦えなくなったり、村を出ていったり……。年々、村の維持が難しくなっておる」

村長の話を聞いて、メディは指針を決めた。

「アイリーンさんだけが頼り、と……。ではアイリーンさん！　外で身体を動かしましょう！」

「は？」

メディはアイリーンの手を握って微笑む。

「だから私は畑など」

「いきましょう！」

「こ、こら！」

メディがアイリーンを強引に外へ連れ出す。残された村長はハーブティーをゆっくりと味わいながら、二人を見送った。

「フォフォフォ……。隠居してみるもんじゃの。久しぶりにいいものが見られそうじゃわい」

名残惜しそうに、村長は最後の一口をすする。そして満足そうに店内を見渡した。そのままのっそりと畑へ向かう。

「メディちゃん。言い忘れておったが、家の裏手に、以前、畑だった場所があってな。うまく耕せば使えるかもしれんぞ」

メディの家の裏手は荒れ放題だった。元は何かを育てていた畑とわかる場所には雑草が生い茂っている。

村長のアドバイスに従って、メディは畑を耕すことにした。とはいってもこの土地で育つ作物はかなり限られている。

「私には剣しかないのだ」

裏手に連れ出したがアイリーンは尚も突っぱねて、メディが一人で作業に入る。

しかし時によろめき、時に転びそうになるメディを見かねたアイリーンはつい手伝ってしまった。

「助かります！」

「仕方ない……」

これでアイリーンは剣以外の労働に取り組んだわけだが、何か違和感を覚えた。かすかに身体が思うように動く。

アイリーンとメディの二人がかりで数日かけて、雑草は除去された。荒れている地面を耕す作業にまた数日、今度は鍬だ。

「おかしい……」

アイリーンの持ち前の体力で、荒れていた畑がみるみる生まれ変わる。作業の合間にメディはハーブティーをご馳走した。

アイリーンが一口、飲むたびに身体がほぐされた心地になる。軽くなったように感じた身体がより作業効率を上げた。

「はぁ、はぁ……に、肉体労働は苦手です……」

「メディは休んでいてくれ」

「遠慮なく……」

本当に遠慮せず、メディが畑の外に寝っ転がった。アイリーンの視線はしばしの間、メディに注がれる。

自身の異変の原因は間違いなく彼女にあると、アイリーンは考えていた。アイリーンも作業を中断して、メディの隣に座る。

「メディ、私に何をした」

「ふぇ？」

「ここ数日間、異様に身体が軽いのだ。以前の私なら、こんな肉体労働ですら手に負えなかった」

「アイリーンさん、すごく元気になりましたねぇ。いいお顔です」

「なに？」

「アイリーンさんはですね。たぶん真面目すぎるんです」

　仰向けになったまま、メディが額の汗を拭う。

「私が真面目だと？」

「自分を追い込んで、徹底して磨き上げようとする。その素敵な身体を見ればわかります。でも、それが枷（かせ）にもなってたと思うんです」

「枷……？」

「自分には剣しかないとずっと思い込んで、それがプレッシャーになって動きを鈍らせたんです。精神的に重荷になって、気を張りすぎてたんだと思うんですよ」

　アイリーンは何も言えなかった。否定できる材料がない。身体の軽さ、常に落ちついている心。

　空気を吸えば、おいしく感じられる。以前なら気にしなかったことだ。

「あのハーブティーはですね。リラックス効果があるんです。仕事なんかで昂（たかぶ）った心を鎮（しず）めてくれます」

「一体、何が入ってるのだ？　私も冒険者稼業（かぎょう）はそれなりに長いが、そんなもの聞いたことがない」

「ブルーハーブを中心にビスの根、アフラの実、オルゴム草……。これだけあれば、調合次第でリラックス効果を最大まで高められるんです」

ブルーハーブはアイリーンでも知っているありふれたハーブだ。本来は魔力の回復や安定化が期待できる素材である。

そしてメディが起き上がった。

「治癒魔法は魔力を使って回復しますよね。魔法が使えない私はブルーハーブを媒介にして魔力に手を加えます。魔力って面白いですよねぇ……。魔法が使えたらなって、ブルーハーブを見るたびに思います」

「そうか。魔道士でなくとも、人の身体は微弱な魔力を保有している。つまり体内を巡る魔力が作用しているのか」

「ブルーハーブはまだまだ研究の余地があるんですよ。マナポーションだけに使うのはもったいないです」

「……熱心だな」

アイリーンは自身と比べてしまった。あらゆる素質に恵まれなかった彼女が最後に辿(たど)りついたのが剣術だ。

果たして自分はそこまで剣術に対して向き合っているか。ただの手段としていないか。

メディのようにどこまでも追求して、生き甲斐とできるような情熱があったか。そう問われたとしても、アイリーンは頷けなかった。

「メディ、薬師は楽しいか？」

「すっごく楽しいですよっ！」

「そ、そうか」

「楽しくなければ薬師じゃない！」

「そこまで言い切るか……」

楽しくなければ剣術じゃない。アイリーンはメディの言葉を剣術に置き換えて考える。楽しくなければ、やる価値などない。それなのに自分は剣術しかないと、すがるように打ち込んでいただけだ。

等級が上がり、名声を得るにつれてプレッシャーとなるのも仕方ない。失敗は許されず、常にいい結果を出し続けなければいけないのだから。アイリーンは立ち上がり、鞘から剣を抜く。

「私は……剣に失礼だったな」

「アイリーンさん？」

アイリーンは剣を振る。空を切る感触が今までにない軽さだった。山に入った時に感じていた剣や身体の重さすら感じない。

「剣の道を選んだのも私の意志……。どこか心の底で言い訳していたのかもしれない。私は初めから自由だったな」

「剣のことはわかりませんが、アイリーンさん、すごく綺麗ですね」

「わ、私が綺麗だと？」

「お肌のことじゃありませんよ。いえ、お肌も綺麗ですけどアイリーンさんそのものが輝いてます」

「お前にそう言ってもらえると、なんだか不思議とその気になるな」

出会って数日だが、アイリーンはメディに不思議な心地を抱いていた。

恥ずかしい言葉を躊躇なく口にする。それでいて聞いているほうは真に受けてしまうのだ。

メディの飾らない本心だからこそ、素直に受け入れてしまう。アイリーンは凝り固まった心がよりほぐされていくように感じた。

「メディ。明日からは私は狩りに出る。素材の採取依頼を受けつけよう」

「本当ですか！　よかったです！」

「村の安全にも関わるからな。素材入手の助けになろう」

「手持ちの素材も心もとないですからねぇ……」

手持ちの薬もいつかは尽きる。畑、そしてアイリーンのような調達してくれる人材が揃えば薬屋は本格的に発進できるのだ。

アイリーンは剣を振るう理由を本格的に見つけられた。村の安全という義務感だけではない。

自分で選んだ剣の道をもって、メディを支えてやりたいと思ったのだ。メディのような人間を生かしてこその剣術。

メディが言うプレッシャーに潰されそうになり、人があまりいない辺境の町まで逃げた選択が今になって正しいと証明できる。

「そうと決まったからには初仕事をしないとな。メディ、さっそく採取に向かおう」

「助かります！」

「ここ薬屋なんだってな。さっそく頼みたいんだが……」

その時、店のほうから村人の声が聞こえた。メディ達が向かうと、入口に列ができて薬屋の需要を物語っている。

それぞれが抱えた持病であったり怪我であったり様々だ。

「これは急がないとな。ではメディ、行ってくる」

「はいっ！」

メディは一人目の客を迎えながら、アイリーンを見送った。

この日、薬屋は大繁盛する。治らないと言われていた難病を治療したり、狩人時代に負った怪我を完治させたのだ。

怪我が治れば狩人として復帰できるため、メディの薬屋は村の繁栄に大きく貢献することになった。

4話　ロウメルの苦悩

ロウメルは汗だくになっていた。最近になって、クレームが増したからだ。治癒師達は休憩時間を犠牲にして、休む間がない。

「おい！　この薬、さっぱり効かねーぞ！」

「はい、大変申し訳ありません！」

「前の薬なら順調に回復していったのによぉ！　どうなってんだ！」

「今、確認します！」

ロウメルとて、人手不足は解消しようと努力している。薬師(くすりし)のメディを解雇した後、別の薬師を雇っていた。

ロウメルが調合室に向かうと、椅子の背もたれに背中を預けて居眠りしている人物がいる。

「ブーヤン君！　起きなさい！　君の塗り薬が効かないとクレームが入っている！」

「あー、そりゃすぐには効かないっすよ。根気よく塗れって言っといてください」

ロウメルが雇った若い薬師は頭をボリボリとかきながら、大きくあくびをしている。

ブーヤンが有名な薬師の下で修業したというのでロウメルは信用して雇っていた。

「この前の飲み薬は患者が高熱でうなされたのだぞ！」

「薬ってそういうもんすよ。合う人間と合わない人間がいるのはどーしようもないっす」

薬師は薬で、治癒師は回復魔法で癒す。どちらも役割に違いはないが、コストや見た目の華やかさの観点において治癒師の需要が高まっている。そのせいで、まともな薬師でも廃業を余儀なくされた者もいた。

各国が推奨したせいもあって治癒師信仰が高まり、必要以上に薬師が淘汰されている側面があった。

ロウメルが頭を抱えていると、再び調合室の外から怒声が聞こえてくる。

「おぉぉい！　責任者、出てこいや！」

調合室を飛び出したロウメルの前に、怒り心頭な男性が立っていた。

「イライラみたいな名前の治癒師はどこだ！　また痛みが増してきたんだよ！」

「少々お待ちを！」

ロウメルがイラーザを探しに探した挙句、イラーザは休憩室で舟をこいでいた。

「起きなさい！」

「は、はい！　何か？」

「君が昼前に治療した患者さんだがね！　痛みが引かないと訴えているんだ！」

イラーザを連れ出して、ロウメルは患者の前に連れていく。

「私の治療に不備があったとのことですが？」

「開口一番になんだその言いようは！　痛みがどんどんひどくなってるんだよ！」

「それは一時的なものです。もう少し安静にされていれば問題ないですよ」

イラーザが素っ気なく答えた。

「態度も腕も悪い治癒師だな！　この町にはここ一つしか治療院がないってのによ！」

「当院の治療に納得していただけないのであれば仕方ありません」

「イラーザくん！　もうよしなさい！　お客様！　大変申し訳ございませんでした！」

イラーザの患者を煽るような発言に、ロウメルは慌てふためいた。

「イラーザくん！　君はいつもそんな態度なのかね！」

「それでも患者さんは私達を求めているのだから問題ないのでは？」

「こちらの方も仰っているように、この町には、ここしか治療院がないのだよ！」

「あ、ロウメル院長ー」

ロウメルが振り向くと、帰り支度をしたブーヤンがいた。

「昼過ぎから予定あるんでお先に失礼しまーす」

ブーヤンが踊るような足取りでいなくなる。更にイラーザが休憩室へ戻ろうとした。

「イラーザくん！　どこへ行くのだね！　皆、休憩などしておらんのだぞ！」

「まだ休憩時間は終わってませんから」

イラーザを呼び止めていると、看護師からロウメルに新たな伝達があった。

「ロウメル院長！　薬の中に髪の毛が入っていたと患者さんが……」

ロウメルは膝をついてしまった。ついこの前まで在籍していたメディの存在がロウメルの頭の中でちらつく。彼は過去の自分を恨んだ。

5話　山での救助

「メディ。至急、薬を頼む」

アイリーンの隣には、先日、彼女に絡んだ男達の中にいた者がいる。細い体型の男は息を切らして涙目だ。

男の話によれば、仲間の二人が怪我をして山から下りられなくなっていた。そこで身軽で小回りが利く細身の男が山を下りて助けを求めに来たのだ。

「なんかやべぇ魔物がいてよ！　二人は動けないし、早く薬を頼む！」

「あなたも怪我をされてますね。これをどうぞ」

「オレよりもあいつらを！」

「あなたの怪我もひどいです！　お薬、出します！」

ピシャリと言い切ったメディが塗り薬を渡す。渋々、男は指定された箇所に塗っていくと自身の身体を確認し始めた。

鈍く響く腕や足の痛みが引いていったのだ。その痛みを我慢して下山した男だったが、痛みが引いたおかげでようやく自身の危うい状態を再認識した。

「す、すげぇ……何の痛みもない」

「この村で狩人をやっていた人にも処方した薬です。お二人が取り残された場所はどこです？」

「待て、メディ。まさかお前も行くのか？」

「当たり前ですよ、アイリーンさん。その二人の体質や怪我の具合によって処方する薬も変わります。現地で調合しますよ」

メディは手際よく支度を始めた。アイリーンの許可など求めていない。

呆れたアイリーンはメディに対して危機感を持った。山を甘く見ると、男の仲間の二の舞だ。

メディは魔物のことなど考えずに、そこに怪我人がいれば向かおうとする。そういう子だとわかっていても呆れた。

「山には魔物がいる。危険だからここで待っていろ。薬は私が持っていく」

「嫌です。アイリーンさんが止めても、私一人で行きます」

「お前を守らないと言ってもか？」

「はい」

一瞬の躊躇もないメディの返事だった。アイリーンはメディが自分を当てにしているのではないかと邪推したのだ。

心中では既にメディの同行を認めてはいたが、彼女としては試したかった。何か策があるのか、それともただの無謀か。

支度を調えたメディが男を催促して走り出す。

「待て、メディ。私も当然、同行する」

「感謝です！」

「まったく……」

驚異的な手際で支度をしたメディの姿を見て、アイリーンには疑問があった。

薬師は戦闘職とは言い難く、今は冒険者も間違いなく選択しない職業だ。もっぱら治癒師が歓迎されるため、アイリーンとしては不安がある。

「日が落ちる前になんとかするぞ。おい、男。名前は？」

「お、オレはアンデだ。仲間の二人はポントとウタン」

男の案内により、スムーズに足が進む。アイリーンはちらりとメディを見たが、驚くほど軽快な足運びだった。

鬱蒼とした木々のせいで視界が悪く、段差や傾斜に加えて足場が劣悪だ。ところがメディの動きは初めて山歩きする者のものではない。アイリーンやアンデに後れを取ることなくついてきている。ここで足手まといになるようであれば、アイリーンは本気で帰すつもりだった。

「メディ。この村に来る時は護衛を雇ったのか？」

「いえ、そんなお金もありませんし一人ですよ」

「魔物はどうした？」

「逃げたり隠れたり、どうしてもダメなら秘密武器がありますから」

アイリーンの中でよくない好奇心が頭をもたげる。メディをもっと知りたくなったのだ。

薬師は昔であれば冒険者パーティにいたと聞いている。しかし、戦闘においてどのように貢献していたかまではわからない。

もしメディがパーティの薬師としての動きを見せてくれるのなら、と魔物の出現を期待までしていた。

「すまねぇ、二人とも……。アイリーン、あんたに絡んじまったよな。悪かったよ」

「気にするなとは言わないし、お前達にいい印象は持ってない」

それとこれとは別だとアイリーンは切り離して考えている。必死に仲間の助けを求めるアンデを信じてみたくなったのだ。

粗暴なチンピラと思っていたが、仲間を思う気持ちがある。それならばまだ人間ではないか、と。

「オレ達、冒険者になったのにあまり成果を上げられなくてさ。いっそ何もかも忘れて旅に出ようってんで、こんなところに来ちまったんだ」

「私もだ」

「あ、あんたも？」

「私もなんです！」

メディが手をあげる。アイリーンは可笑しくなった。なぜ同じ場所に似たものが流れ着いてしまったのか。

この偶然が必然だったりするのかと、アイリーンは根拠もないことを考えてしまった。その根底にあるのはメディの存在だ。

この小さな身体に秘められた薬の知識と技術は、こんな辺境で持て余すべきではないとすら思わせてくれたのだから。

「む、何か来るな」

アイリーンが感じ取ったのは魔物の気配だ。アンデは身震いするも、武器を構える。

メディはバッグの中から、とあるアイテムを取り出していた。

「ハンターウルフか」

アンデは気張って構えているが、アイリーンは大した警戒心を見せていない。群れると厄介だが五級の魔物ならば、今のアイリーンの敵ではなかった。

ハンターウルフが飛びかかった時には空中で口から尾にかけて、真っ二つとなる。アンデは驚愕して、ハンターウルフの死体から目を離せない。

「す、すげぇ……」

「毛皮はそれなりに有用だが、今は先を急ぐぞ。む……」

左右に一匹ずつ、ハンターウルフがいた。アンデは再び剣で応戦の構えを見せて、メディは手に何か持っていた。

霧吹きだ。ワンタッチでそれは一匹のハンターウルフに向けて霧状の何かを放つ。

「ギャウッ！」

「ふー……」

霧状の何かが放射状になってハンターウルフの鼻っ柱にまき散らされた。目鼻から液体を流して、ハンターウルフはよろめきながら倒れる。

アンデの手を煩わせず、アイリーンがもう一匹のハンターウルフを片手間で仕留めた。

感謝の言葉を口にしようとしたアンデをアイリーンが手で遮る。

「お前に死なれたら、場所がわからなくなる」

「そうだよな……」

一方でアイリーンはメディに質問したくてたまらなかった。何を吹きかけたのか。ハンターウルフを瞬殺したことが、何かとてつもない薬だと物語っている。アイリーンは黙ったものの、アンデは好奇心を抑えられなかった。

「な、なぁ！　今のはなんだよ⁉」

「グリーンハーブですよ」

「グリーンハーブってあの毒消しの？　それでなんでハンターウルフがあんなことになるんだ？」

「いいから先を急ぐぞ」

アイリーンとしても気になったが、一刻を争う。

前のめりになって聞きたいのは彼女も同じだ。気にしているのはグリーンハーブという点だった。

毒消しとして知られているグリーンハーブも、メディの手にかかれば毒の類となる。そんなものを嬉々(きき)として作り、使用しているのだ。

「アンデ、忠告しておく。長生きしたければ薬師とは仲よくしておけ」

「お、おう……」

その昔、薬師が冒険者パーティで活躍していた時の格言だ。薬師と仲違いした冒険者が原因不明の死を遂げたなど、今でこそ笑い話だった。

アイリーンは二の腕をさする。メディだけは怒らせないようにしようと、その笑顔を見て誓った。

急ぎ足で山の中を進み、三人はついに目標の場所へと到着する。アンデの仲間であるポントとウタンが、目立たない木陰でぐったりとして倒れていた。

「おい！　生きてるか！」

「アンデ……」

「どいてください！」

アンデをどかして、メディは調合釜を取り出す。二人の容体を見て、素材の選出を始めた。

「お、お前は薬師の……」

「ポントさんはアンデさんと同じ塗り薬でいいです。包帯の下に塗りましょう」

「本当にこれで痛みが消えるのか？」

「ウタンさんは傷が深すぎますね。それに体質を考えれば同じ薬では刺激が強すぎます。

それならこれとこれです」

・魔力水　ランク：C　・レスの葉　ランク：C
・グリーンハーブ　ランク：C　・ブルーハーブ　ランク：C
・オルゴム草　ランク：C

メディは沸騰した魔力水にレスの葉を投入して高速でかき混ぜた。グリーンハーブを少しだけ千切って、オルゴム草と混ぜて煎じる。

オルゴム草はアイリーンが飲んだハーブティーにも使った素材だ。血液の流れを平常に保つ草で、肥満体のウタンにはうってつけだった。不健康体である彼への薬となれば、身体のあらゆる部分に気を配らなければならない。

グリーンハーブの解毒（げどく）成分をわずかに加えて、傷口から体内に侵入した雑菌を殺菌できるようにする。レスの葉で治癒効果を活性化させる。仕上げにブルーハーブの魔力ですべての成分を身体により浸透させるものが一瞬で完成した。完成したのはハイポーション、ランクはBだ。

「お薬、出します！」

メディが差し出したハイポーションをウタンが弱々しく受け取る。口をつけて、彼もまた弱ってるとは思えないほど一気に飲んだ。

「ぷはっ！　なんだ、身体の痛みが引いていく……！」

「よかったですねぇ！　これで一安心です！」

「こ、これがポーションか⁉」

「今の素材ランクと私の腕ではこのくらいのものしかできませんでした。ハイポーションは難しいんですよねぇ」

アイリーンは冷や汗をかいた。その昔は安価だったハイポーションだが今は事情が違う。この治癒師全盛期において、まともなハイポーションを手に入れるとしたら一般人の数ヶ月分の給料が必要となる。

手間がかかって量産は不可能と言われたハイポーションを、こんな環境でメディは作ってしまった。それも肥満体のウタンに一切の負担なく、完治させたのだ。

ニコニコと微笑むメディはどこまで自覚があるのか。なぜこんな辺境の地に流れ着いたのか。質問したい衝動を抑えて、アイリーンは無意識のうちに腕の震えを押さえた。

「あ、あれにグリーンハーブが入ってるのか……」

アンデはグリーンハーブが含まれた何かによって死んだハンターウルフを思い出していた。魔物を殺せる一方で、命を救える薬師という存在に恐怖を抱く。

そして三人はポントとウタンの下へたどり着いた。

「ポント、ウタン。立てるか？」

「お前が連れてきてくれたのか……」

「遅くなってすまねぇ……」

その時、地響きが鳴った。木々をかきわけて、赤い一対の目が光る。

「な、な、なんだぁ！　でかいぞ！」

三人の男達が恐怖のあまり抱き合い、さすがのメディも怖気づいた。霧吹きの中に入っている薬でどうにかなるサイズではない。

「全員、そこで大人しくしていろ。すぐ終わる」

迫る巨大な魔物の前に悠然と立つアイリーン。

三人の男達は歯の根が合わない。彼らも戦いを生業としている以上、そこにいる化け物がどれほどの存在か理解できるのだ。勝てない。殺される。そう直感していた。

「バロンウルフか。こんなものが生息していたとはな」

巨木のてっぺんの枝に届く巨躯の狼に三人の男達は抱き合って震え上がる。メディも身体が動かなかった。

バロンウルフの等級は一級、冒険者ギルドが集団討伐クエストとして依頼を出すレベルだ。国が本腰を上げるには十分すぎる化け物であり、一級の冒険者といえど単独で挑むには危険だった。

「ア、ア、アアア、アイリーンさん！　ままま、ま、まずいですよぉ！」

「何年もまともに山狩りを行っていなかったようだからな。こんな個体が誕生しても不思議はない。さっさと倒して帰るぞ」

「え？」

アイリーンが消えた。バロンウルフに十字の切れ目が入る。間もなく解体されて、四等分にされたバロンウルフがどしゃりと地面に落ちた。

「久しぶりに思いっきり剣を振るえた。が、少々やりすぎたか」

「ひゃっ！」

アイリーンが再びメディの隣に現れた。息一つ切らさず、アイリーンは剣をまじまじと見つめる。三人の男達はその佇(たたず)まいに恐怖して、腰を抜かして立てない。

「な、なぁ。あんた、あの『極剣(きょくけん)』のアイリーンか？」

「そう呼ばれることもあるな」

「あ、ああ……やっぱり、そうなのか……なんで、こんなところに……。かつて数百の魔獣のスタンピードをたった一人で解決した……剣神……」

「へぇ！　アイリーンさんってすごいんですねぇ！」

その程度の反応かと三人の男達はメディに違う意味で畏怖する。

今の瞬殺技を見て、なぜ目を輝かせられるのか。男達がそう思うのも無理はないが、元々メディはアイリーンが神の肉体を持っていると知っている。

たった一匹で騎士団を半壊させられるバロンウルフの脅威を知らないメディにとっては当然の反応だった。一方でアイリーンはバロンウルフとメディを交互に見比べている。

「メディ。せっかくだからバロンウルフの毛皮や肉をいただいていこう。そこの三人、手伝え」

「は、はいぃ！」

アイリーン指導の下、三人は解体作業に勤しむ。その際にアイリーンは三人の動きを見て、やはりおかしいと感じた。重傷といってもいいポントとウタンの二人が今は完治している。

アイリーンが知るポーションはこんなに早く効果は出ない。驚いたのはそれだけではなかった。

「このバロンウルフ……」

なぜ、襲いかかるのに躊躇していたのか。アイリーン達を見つけた時、バロンウルフは即行動に移らなかった。獰猛で知られるバロンウルフが人間相手にそう時間をかけるわけがない。

更にその前にハンターウルフに襲われた時もそうだ。唸り声をあげたまま、メディになかなか飛びかからなかった。そう、まるで目の前の餌に毒が盛られているのかもしれないと警戒するように。

その後、山を下りてからは三人の態度が一変した。

「すみませんでしたぁぁ！」

三人がメディとアイリーンに揃って頭を下げる。無事に下山できたものの、三人はすっかり丸くなっていた。

「まさかあなたがあの『極剣』とはつゆ知らず……数々のご無礼をお許しください！」

「まぁ許さないけどな」

「そんな……」

「根に持たないよう努力しよう」

その笑みが三人には背筋が凍るほど恐ろしかった。

バロンウルフの毛皮と肉は、村のその手の商売をやっている人間に飛ぶように売れた。

これが呼び水となり、村の活性化に繋がることを期待していた。アイリーンも、より狩りへと本腰を入れられる。

「メディ。薬草だ」

「え、いつの間に？」

「いつの間にか、だ。このアイリーン、抜かりはない」

「わぁぁぁ！　これ、キゼル草じゃないですか！　こっちはファメルの花！」

メディは嬉々としてアイリーンから買い取る。

アイリーンは心の中でメディに問う。それらの素材で魔物を殺すことが可能なのか、と。

薬師メディの手にかかれば、薬草も毒と化す。薬師とは仲よくしておけ、という格言をアイリーンは改めて心に刻んだ。

6話　薬草畑

・畑の土　ランク：D

「ふーーーーむ！」

メディは耕された畑の前で唸っていた。この場所で育つ薬草は少ないとはいえ、更に土の状態が良くない。この町に来る途中で種を買っておいたものの、植えるのに躊躇していた。

「これではランクD、もしくはそれ以下の薬草しか育ちませんねぇ」

メディの腕ならばせめてランクCであれば、ものによるがランクAの成果物ができる。

ただし低ランクでは調合に手間がかかることがあるので、ランクが高いに越したことはない。頭を捻るも、なかなか答えが出なかった。

――メディ！　一流の薬師は畑も一流なんだ！

畑を見りゃ薬師の力量がわかるとまで言われてるからな！

「今の私は三流ですねぇー」

いい畑にするには土をどうにかしなければいけない。メディは畑の肥料を作ろうと思い立つ。考えられるのは魔力水、ブルーハーブを媒介としたものだが、これらも手持ちに限りがある。

魔力を持つ魔力水やブルーハーブなら、いい土ができるかもしれないとメディは頭をぐるぐると回して考えた。

「魔力水とブルーハーブ、グリーンハーブ！　レスの葉！　揃えたい素材が多すぎますねぇ……」

メディの独り言が進む。昔からメディは言葉にすることで思考をまとめやすいのだ。治療院時代に調合室から聞こえてくる独り言を不気味がられたことを本人は知らない。

「レスの葉は入手が厳しいですねぇ……」

口にしてみて、メディは改めてこれらの素材のありがたみを思い知る。レスの葉はあらゆる調合の素材として重宝されるが、この村や周辺では手に入らない。つまり遠出をする必要があり、もしくはアイリーンに依頼するしかなかった。

更に魔力水に至っては大きな町に行かなければ、ほぼ手に入らない。源泉は有力な貴族が独占しており、メディのような平民は彼らが市場に流すのを待つしかないのだ。

そのせいで村長に処方したポーション以外は水とブルーハーブの調合で代用している。

あくまで代用品であり、純度が高い魔力水はやはりメディにとって手に入れたいものだった。

──メディ！　素材ってのは案外、どこにでもあるんだ！

　あらゆる場所に目を光らせろ！

「肥料……肥料……あっ！」

　メディは店を飛び出して走った。一つ、思いついたからだ。

「牛の糞をくださいっ！」

　酪農で生計を立てている村人、ポールは小さな訪問者の要求に対して瞬きを繰り返した。変わった女の子もいるものだと考えたところで、メディの職業を思い返す。

「もしかして畑の肥料かな？」

「はい！」

「いいところに目をつけたね。うちの牛は良質な餌を与えているから、その糞もいい肥料になるよ」

「よし！　よーし！　さっそく、ください！」

　メディは糞が大量に入った革袋を受け取ってまた駆け出す。

　糞を持ちながら、おおはしゃぎして村の中を走るメディの姿は誰の目にも奇異なものとして映った。

調合室に戻ったメディはさっそく作業に取りかかる。メディには注意すべき点があった。まず調合釜に糞を入れるわけにはいかない。

口に入るポーションなどを調合するのだから当然だった。糞は最後の仕上げとして使う為、別の容器に移しておく。

「魔力水は貴重だから、ここはブルーハーブですね……」

調合釜にブルーハーブを投入して、次は普通の水だ。最大火力で沸騰させた後、手早くかき混ぜる。レスの葉を魔力水と掛け合わせてポーションを作ったように、魔力によって効果を最大まで増幅させるためだ。

魔力水とブルーハーブは調合において要となる場合が多いので、メディとしても大量に確保したい素材だった。

・ブルーウォーター　ランク：B

「うーん……まぁまぁとしましょう！」

ブルーウォーターを冷ましてから、最後に糞だ。これを嫌がっては薬師などできない。

年頃の女の子特有の反応など一切なく、メディはブルーウォーターと糞を掛け合わせた。

「さてさて、どうかな？」

・畑の肥料　ランク：Ｂ

メディはガッツポーズで成果を喜んだ。さっそく裏手の畑にいって一通り、肥料を撒く。畑の土が輝き出して、色が変化した。黒に近くて潤いを含んだ土が畑に広がる。

「まずは第一段階！」

「メディの姉御！」

慣れない呼ばれ方をしてメディはドキリとした。畑の外に三人の男達がいて手を振っている。先日、山で助けたアンデ、ポント、ウタンだ。人が変わったように、ヘコヘコしていた。

「あなた達は……」

「メディの姉御に助けられて目が覚めたんです！」

「オレ達、これからは姉御の店にどんどん素材を卸します！」

「まだレスの葉とブルーハーブみたいなのしかないんですけどね。あとグリーンハーブも……」

三人が見せてきたのは大量のレスの葉とブルーハーブだった。願ってもない展開で、メディは小躍りさえしそうになる。

「こんなに！　わざわざありがとうございますっ！」

「山にいけばそこそこあるみたいっすね」

「買い取らせてもらいます！」

「こんなに喜んでもらえるなら、もっと採ってくりゃよかったなぁ」

メディにとってレスの葉は特にありがたい。彼らの話によれば、これら以外にもまだまだたくさんの素材が眠っているという。

アイリーンに弟子入りしたようで、日々の鍛錬に励んでいると三人は嬉々として語った。元狩人(かりゅうど)の村人も復帰して、アイリーン、この三人と、山狩りとしては充実したメンバーとなっている。

「オレ達、これから姉御に尽くすんで何かあったらすっ飛んできますぜ！」

「舐(な)めた真似(まね)する奴(やつ)がいたらオレ達が殺しますんで！」

姉御呼びに一切突っ込まず、メディは大量の素材に目を輝かせていた。しかし喜んでばかりもいられない。

翌日、村でもっとも大きい畑を持つ村人のブランを畑に招く。

「この土で育つのは、そうだなぁ……」

ブランは土を手ですくって、神妙な顔つきをしている。

メディの畑で育つのはグリーンハーブ、アフラの花だと告げられた。アフラの花は根も素材となるため、育てない手はない。しかし、メディとしてはまだ他の薬草も育てたかった。

「種を植えていこう」

「私も覚えたいので一緒にやりたいです」

「あぁ、良い心がけだ。種によっては深く植えすぎると芽が出にくいものがあるから気をつけるんだよ」

田舎にいた頃、メディの父も広大な畑を持っていた。近くに住んでいる農家の者や雇った若い者達に管理を任せていた為(ため)、メディに畑の作業の知識はない。

メディの父は娘を手取り足取りサポートするようなことはしなかった。メディが村を発(た)つ時も、一切の仕事先を斡旋(あっせん)せずにこう言った。目で見て覚えろ。感じたままに身体に叩(たた)き込め。

薬師の師匠としては常識外もいいところだ。故に彼の弟子が務まる者はいない。実の娘を除いては。

「メディ、精が出るな」

「アイリーンさん。ハーブティーなら、少し待ってください」

「急がなくていいぞ。むしろ手伝わせてほしい」

アイリーンはメディが淹れるハーブティーの虜になっていた。狩りから帰ってきた時は必ず飲みにくる。

メディとしては販売の予定はなかったが、彼女を初めとして予想外に人気が出たため、商品化を考えていた。幸い、主原料は畑で育てられる。

「アイリーンさん、畑の拡張をお願いしていいですか？」

「わかった」

メディの見立てでは、スペースが足りなかったからだ。他にも数種類ほど育てたい薬草がある。土地をギリギリまで使って、メディは少しでも素材を確保したかった。

父のように大人数を雇う余裕はないが、アイリーンは格安で引き受けてくれる。しかも、驚異的な効率で作業が進む。

「ていやぁぁぁぁぁぁ――――ッ！」

「うぉぉおっ！　なんだぁ！」

ブランがひっくり返りそうになる。アイリーンの高速鍬さばきで、瞬く間に新たに畑が耕されたのだ。しかも二刀流である。そのまま魔物討伐をしても違和感のない風体だ。

「そりゃりゃりゃりゃぁ――――ッ！」

「ひぇぇぇ……。失礼だが、ありゃ嫁の貰い手がつかないぞ……」

「求婚した王子様が逃げるらしいですよ」

「王子から求婚したのに……？」

『極剣』のアイリーンは各国から引く手数多だった。数百の魔物のスタンピードをたった一人で収めて、騎士団からは次期騎士団長のポストを約束された。

戦場からは傭兵の誘い、一国の王子からは求婚という甘酸っぱいエピソードまで幅広い。美術品の女神のようなスタイルや艶のある肌は王族をも魅了する。ただし恋など一度たりとも成就したためしがなかった。

容姿端麗ではあるが、いざ何かを始めれば獣のような獰猛さを見せる。そのせいで、血なまぐさい誘いしかこなくなった。

「もったいない話だなぁ。それにしてもなんでもこなす人だ。若く見えるが意外と年齢が――」

「作業が終わったぞ」

「うわっと！　終わったってよ！　メディちゃん！」

突然、隣にきたアイリーンにブランは心臓が止まる思いだった。

「……結婚か。夢見たことはあったが今はどうでもいい。こんなにもいい汗がかけるのだからな」

「アイリーンさんなら、いくらでも機会はありますよ！」

「そういうメディには意中の相手はいないのか？」

「んー、考えたことないですね。薬師以上に楽しいとも思えませんし……」

「いいな、私も見習いたい」

薬に恋する少女をアイリーンはたまらなく愛おしく思った。最終的に自分が剣の道を選んだように、彼女は何かに打ち込んでいる人物に好感を抱く。メディの頭をポンポンと撫でてから、また鍬を構える。

「もう耕すところはないのか？」

「はい。後は種を植えるだけです。まだ種類はそんなにないですけどね」

「ふむ、なるほど」

アイリーンが太陽を見上げた。作物は季節や気候の影響を受けて、時には災害によって被害を受ける。そのことを踏まえた上で、あることを思いついたのだ。

「メディ。温室栽培はどうだ？　とある地方では盛んなのだがな」

「温室？」

「畑をすっぽりと屋根をつけて覆うのだ。炎魔石や冷魔石なんかで温度を操作すれば思いのままだぞ」

「しょんなのあるんですかぁ！」

「しょんなのがあるのだ」

メディは言葉を噛むほど興奮した。ブランも知らなかったわけではないが、あえて提案しなかったのは実現の難しさがあったからだ。

魔石を含めた設備を整えるとなると、村中をひっくり返しても金が足りない。

「アイリーンさん。さすがに難しいだろ……」

「なに、魔石の当てならある。採りにいけばいい」

「そんな簡単に？」

簡単ではない。純度が高い魔石がある場所には凶悪な魔物がいる。金持ちが討伐隊を編成して採りにいかせたものの、全滅して破産したなどという話もあるくらいだ。だから多くの者達は純度が低い魔石で妥協する。

しかしここにいるのは一級冒険者、『極剣』のアイリーンだ。

「簡単ではないがな。メディの為なら一肌ぬごう」

「ぜひお願いします！　あ、でも報酬は、そんなに」

「後払いで構わない」

アイリーンにとって、これはいわば先行投資とも言える。メディの薬屋の将来性を見据えた上での仕事だ。

それ以上にアイリーンはメディを気に入っていたというのが最たる理由だが。

7話　アイリーン、奔走する

メディがいる辺境の村から遠く離れた地にある水晶の谷。純度が高い魔石といえば、高確率で名前があがるこの場所は当然ながら危険地帯だ。

伯爵家専属である討伐隊の隊長アバインは『星砕』と恐れられた一級冒険者だ。いかつい顔つきで全身鎧を着た巨躯の男。超大型の槌を振るえば、鉱石の塊であるゴーレムをまとめて砕く。アバイン率いる討伐隊はこれまで数々のダンジョンを荒らしてきた。

そこに二級以上の魔獣がいようが彼らは土足で踏み込み、すべてを奪う。こうして山ほどの財宝を伯爵に献上してきた彼らにとって、怖いものなどなかった。

「に、逃げるな！　最後まで戦え！」

アバインの周囲には仲間の死体が転がっていた。生き残った者達も背を見せて逃亡を図る。奥に進むほど魔石の純度が高くなるが、当然、相応の番人達もいる。紅晶竜、魔石を食らって体質を変化させた最強種のドラゴンだ。

欲を出して奥へ進めば、このような怪物が待ち受けていた。

「俺の槌が効かないなど……！」

紅晶竜の口から高熱のガスが吐き出されて、背を見せた討伐隊が骨も残さず果てる。とうとう一人になってしまったアバインは生まれて初めて恐怖を味わった。怖いものなどなかったはずだ。

「ひっ……！　く、来るなっ！」

十二歳にして魔物討伐を成し遂げて、二十歳になる頃には二級、数年後には一級への昇級と共に貴族から声がかかった。

今は伯爵家の専属だが、すでに騎士団からも声がかかっている。出世街道に乗ったはずだとアバインは目元を潤ませていた。

「も、もう二度と、こ、ここには来ない……見逃してくれ……」

涙するほど恐ろしい。この怪物から逃げたい。冒険者になど、なるべきではなかった。

これまでの人生を後悔した彼にも、間もなく高熱ガスが浴びせられつつある。

「先客がいたか」

アバインの目の前に竜の頭が落ちてきた。腕、胴体、それぞれがその場で崩れる。

尻餅をついて粗相をしたアバインの横を凛(りん)とした女性が通り過ぎた。

「なるほど。こいつ自体が高純度の魔石というわけか。これは幸運だった。手間が省ける」

　落ちた竜の頭の横で、魔物の巣に似つかわしくない美女が剣を携えている。アバインにはそれが幻想的な光景に見えた。

「帰ったほうがいいぞ。ここには今のドラゴンよりも格上の魔物がいる」

「何者だ、何なんだ……今のは、あんたが、やったのか？」

　アイリーンは鼻歌を歌いながら、紅晶竜の死体から魔石を回収する。

　辺境の村からこの場所まではかなりの距離があるが、アイリーンにはメディから買ったポーションがある。アイリーン用に調合されたそれは疲労回復の効果が絶大で、わずかな睡眠時間を確保するだけで一日中走り続けられた。

　あまり無茶はしないでくださいねというメディの忠告は聞いていない。

「私が討伐したのだから、この魔石は私のもので構わないな？」

「ま、まさか、バッドムーン……！」

　アバイン他、戦いを生業とする者であれば誰にとっても恐怖と最強の象徴だ。かつて二国間の戦争をたった一人で終わらせた伝説の賞金首である。そんなものを連想するほど、アバインは震えが止まらなかった。

「いや、違うぞ」

「で、では何者だ……」

「私はアイリーン。ここから遠い地にあるカイナの村で世話になっている冒険者だ」

「アイリーンってまさか……極剣か!?」

「そう呼ばれることもあるな」

アイリーンは魔石の回収を終えると、更に奥へと歩く。

「ま、待ってくれ！　仲間も死んでしまったし、オレはこれからどうしたらいい！」

「谷の外で待ってろ。魔物はあらかた片付けたから、安全に出られるはずだ」

アバインがよろよろと起き上がって、一目散に外へと駆け出した。

彼を見送ったアイリーンが再び迫る怪物と睨み合う。細長い身体の所々に魔石が埋め込まれた竜だ。

蒼晶竜、紅晶竜と対を成す魔物でアイリーンはもちろん歓迎した。埋め込まれている冷魔石はやはり高純度とわかるからだ。

「彼の仲間を弔わないとな。この場は荒らさせんぞ」

吐き出された凍てつく冷気がアイリーンの剣によって分断される。

追撃を許さず、長い竜の胴体が輪切りとなった。剣を納めたアイリーンが一息ついて、改めてメディに感謝する。

「ふぅ……。気持ちいいな」

心が解放されたおかげで、自由に剣を振るえるのだ。誰に気をつかうわけでもなく、地位や名声などどうでもいい。今の自分は小さな村と薬屋の為にある。ある意味で孤独だったアイリーンはそこが居場所と思えるようになっていた。

蒼晶竜の死体から良質な魔石を選別して、アイリーンは温室栽培を思い浮かべる。そこにいるのはニコニコしたメディだ。その光景を思い浮かべるだけで、作業がより捗った。

そしてアイリーンがカイナ村に帰ると、温室の建築が始まった。栽培するものによって気温などを変化させないといけないため、一つの温室にまとめるわけにはいかない。

建築を依頼したのは薬屋を建ててくれた村の大工達だ。棟梁のオーラスは自分が村の家をすべて建てたと豪語する。

「ようやく完成したな！　これでまた一つ、オレの仕事が形になったわけだ！」

「はい、これで主要な素材をすべて育てられます」

メディはさっそく種を植えに行く。

一棟目はグリーンハーブ、ブルーハーブ、レッドハーブ、イエローハーブ。

二棟目はオルゴムの草、ビスの花。アフラの花。

三棟目はクルクス草、ケフィラム草、イフホフの花。

持っている種をすべて植えた。メディは大満足だ。疲労回復、体力増進、フィジカルアップ、解毒、怪我、器官系、内臓系。

あらゆる箇所に対応する薬を作ることができる。山でポントとウタンに処方したハイポーションの量産も可能だ。

「それにしても温室なんてよく建てられましたねぇ」

「そこは村長に礼を言ってくれ。あの人、何でも知ってるんだわ。設計図まで描いてくれてよ」

「村長さんが？」

メディは村長の身体に触れた時を思い出した。身体は老人そのものだが、どこか強靱な意思をかすかに感じたのだ。

ほんの一瞬な上に調合を優先させたので忘れていた。もう一度、深く思い出そうとしたところで勢いよくメディの前に何かが到着した。

「メディ！　魔石を採ってきたぞ！」

「アイリーンさん、この前、出発したばかりでは⁉」

「お前のポーションのおかげで疲れ知らずでな」

「まさか寝ないで走ってきたんじゃ？　ダメですよ！　せっかくの素敵なお身体が台無し

になります！」

「すまない、つい嬉しくてな」

アイリーンが村を発ったのはつい二日前のことだ。通常であれば片道だけで一週間以上はかかる。

それが往復で一週間もかからないとなれば、アイリーンがかなり無茶をしたとわかった。

「無茶はダメなんですよ！」

「悪かった。でも、温室が完成すれば薬の調合が捗る。助かる人も増えるだろう？」

「むー？　確かに……」

うまく言いくるめられた気がしたメディだった。アイリーンが意気揚々と魔石を取り出したところで、メディの機嫌は一変する。

「すっごい魔石ですねぇ！」

「これだけあれば、いい温室が完成するだろう？」

「しますね！　じゃあ、さっそく組み込みましょう！」

「やり方を知ってるのか？」

「村長さんが設計図を描いてくれたみたいです」

「あの村長が？」

アイリーンは考え込む。やはり彼女も、村長に只(ただ)ならぬものを感じていた。辺境の村の老人にしてはどこか風格があるのだ。

オーラス達に魔石を渡して、作業が始まったと同時に思考を切り替えた。

「紅魔石は調整次第で太陽光と同じ効果を生み出す。温室自体もしっかりとした作りで、これなら災害にも強い」

「至れり尽くせりでなんだか悪いですねぇー……」

「何を言う。お前がこの村に来てから、どれだけの人間が救われたと思っている。オーラスさん達にしてもそうだ。ただ仕事の依頼だからと張り切っているわけではない」

「そういえば、あの人は腰痛(ようつう)で苦しんでましたっけ」

とぼけたような顔をしているメディを見て、アイリーンは大きくため息をついた。

ポーションにしろ塗り薬にしろ、完治の速度が異常なのだ。助からないと言われている難病をも治療したというのに、メディはそれを功績とすら思ってない。当然のことをしただけなのだ。

先日の山での一件以来、アイリーンの世界は広がった。強さの幅を知ったのだ。

剣術や魔法で圧倒するだけが力ではない。メディを見ていると、より思い知らされるのであった。

8話　イライラーザ

イラーザは今日も患者に怒鳴られた。怪我の治りが遅い、まだ痛みがある。態度が悪い。ありとあらゆるクレームを受け続けて、素行にも影響が出る。

来院した患者は、気が弱ければそのままそそくさと出ていく。

「あのオヤジ……私の腕が悪いですって？　そんなわけないでしょ」

勤続三十年、イラーザは自分の腕に確固たる自信を持っていた。魔法の才能が認められたのは十二歳の時、それから三年かけて魔法学院中等部を卒業。高等部には進学せず、現在の治療院にすんなりと採用された。

「イ、イラーザさん。十三号室の患者がお呼びです」

「チッ……」

足の怪我で入院しているその中年男性の患者を内心、見下していた。魔力を持たずに生まれてきたから危険な力仕事をやるはめになるのだ、と。

選ばれた治癒師たる自分に生意気な口を利くなと思いつつイラーザは病室に向かった。

「何かご用で？」

「ご用で、じゃないんだよ。君さ、いつになったらこれ治るの？　治癒魔法なら数日の入院で済むって言ってたじゃないか」

「それはご本人の体質にもよりますので、予定がずれたとしか言えません」

「そんないい加減な治療をされちゃこっちも困るんだよ」

イラーザは怒鳴り散らしたい衝動を抑える。察したその患者も露骨に不快感を露わにした。

「もういいからさ。ポーションでも何でも出してよ。ここに評判がいい薬師がいるだろう。以前、ここで世話になった時に知ったんだがな。確か女の子で……。礼を兼ねて一度、挨拶をしたことがあるんだ。明るくていい子だったな」

イラーザが思い当たったのはメディだ。そうとわかって額に青筋を立てる。

「その薬師は先日、解雇されました。患者に毒を盛ろうとしたのです。手元が狂ったと言い訳していましたが、目撃者もいます」

「そんなことをしたのか？　信じられんな……。だとしたら投獄されているのか？」

イラーザは答えに窮した。投獄されたなどと嘘をつけば、男性が詰所に問い合わせる可能性があった。後の計画を考えた上でイラーザは答えた。

「いえ、実は……あの、噂なんですけどね。実はロウメル院長がその薬師をこっそり追放したようなんです。要するに責任逃れですよ。あ、でもあくまで噂ですからね？」

　毒入り薬事件自体が捏造であるが、男性は考え込んでいた。

「なるほどなぁ。それが本当なら大問題だ。あのロウメル院長がかぁ……」

「最近、治療院の経営が傾いてるのも影響しているかもしれません。私達も当たり散らされて迷惑してるんですよ」

「そうか。わかった、それなら仕方ないな」

　イラーザは安堵した。

「今すぐ退院手続きをしてくれ。いつまでも迷惑をかけられん」

「え⁉　あの、それはお気になさらず！」

　男性がベッドから降りて、杖を手に取る。よろめきながら、支度を始めた。イラーザとしては治療費が稼げなくなるのも問題だった。

「ロウメル院長に直接、話す。君じゃどうも話にならん」

「わ、私の何が至らないと⁉」

　杖をついて、男性が病室から出ていった。イラーザはまた思案する。彼に退院されたところで計画に支障はないと、無理に己を落ちつかせていた。

9話　皆殺しの魔道士

「お前、なんてことしてくれたんだ！」

パーティメンバーが口々に一人の少女を非難している。仲間の一人が腕を押さえて血を流していた。

討伐戦の際に魔道士である少女は奮起して、魔物を一網打尽にしようと狙い撃つ。しかしその際の威力が大きすぎた。仲間の一人を巻き込んでしまい、少女は何もできずに愕然（がくぜん）としていた。

「お前の魔法は威力が強すぎるんだよ！　だから撃つタイミングを考えろって言っただろ！」

「ご、ごめんなさい……」

「もういい！　どうせ回復魔法も使えないんだ！　お前とは今日限りだ！」

「そ、そんな！　待って！　もう一回チャンスを……」

そう叫んでリーダーに近寄ろうとしたが突き飛ばされ、強い拒絶を受けた少女はへたり込んだ。

一方で、回復魔法が使える治癒師は仲間達から称賛された。助かった者も礼を言っている。

「あの、私……」

「エルフってのは面倒だよな。魔力が強すぎて、オレ達、人間とは相容れない」

悪いのはエルフ全体じゃなくて自分だ。少女はそう声に出したかった。

そんな少女を軽蔑するかのように、リーダーは一瞥してから背中を見せて去っていく。

「今までも危なっかしい場面はあったが許容していた。だが、今回は決定的だ」

「今度こそうまくやるから！」

「お前を入れるくらいなら、きちんとした人間の魔道士を誘うよ」

差別的なリーダーの発言に少女はまた失望する。

優しかったリーダーの豹変ぶりに、少女が涙を流す。少女は回復魔法が使えない。使えるのは攻撃魔法のみだ。しかし今、歓迎されているのは敵を攻撃するよりも味方を癒やす治癒師。

去りいく仲間の後ろ姿を見て、少女は膝をついたまま考えた。

「どこか……遠くへ行こう」

自分の魔法は誰にも必要とされていない。その足取りは魔道列車が発着する駅へと向いている。到着した魔道列車に乗り込む際、少女の中に一つの願いが思い浮かんだ。

「私にも……人を癒やすことができたらよかったのに」

少女を乗せた魔道列車が動き出す。向かう先は寒冷地として知られる地方だった。

長旅を経て、少女はようやくカイナ村に辿りつく。立ち寄ったのは一軒の薬屋だ。

「いらっしゃいませ！　お薬、出し……」

「ここが薬屋って本当⁉」

カウンター越しに迫られたメディが引く。来店した少女は鬼気迫る表情だった。

色白の肌、銀の髪を一つ結びにしている少女の最大の特徴は尖った耳だ。メディも初めて見る。少女がエルフだとは理解していた。

「い、いらっしゃいませ。お薬――」

「やり直さなくていいから！　それより薬がほしいの！」

「お客様の薬ですか？　至って健康体ですが」

「私じゃなくて相手！　相手が怪我した時のための薬！」

話が見えず、メディは困惑した。店を続けているとたまに珍妙な客が来るが、メディの接客歴は浅い。アイリーンからは知名度が上がるとクレーマーも増えると聞いている。そんな時はすぐに呼べというが、物騒な方法で解決するには早計だ。

メディは今一度、エルフの少女を見つめる。エルフといえど、基本的に人間と身体の構造はほぼ変わらない。

ただし保有する魔力が桁違いだ。魔力に恵まれないメディでも、目の前にいるエルフの少女の異質さが理解できた。

「怪我した相手とは？」

「私が魔法を使うでしょ。誰かが怪我するでしょ。だったら薬があれば治るよね？」

「な、治りますけどぉ。治したい相手はどちらに？」

「今はいないよ」

要領を得ない会話が続く。さすがのメディもすっかり困り顔だ。

「私が魔法を使うと誰かが巻き込まれる。でも薬があれば治せるよね」

「巻き込まなければいいのでは……」

「巻き込んじゃうの！　私の魔法、威力が強すぎるから……」

「ははぁ、なるほどなるほど」

「というわけで、お薬をお願い」

どこかずれた少女の提案をメディは受け入れることができなかった。もちろんここは薬屋なので、薬を要求されたら売るしかない。

しかし買い手は健康そのものな上に怪我人はどこにもいない。怪我人が出る前提の言い回しが気に入らなかった。とはいえ、メディにとっては来店した時点で客には違いない。慎重に話すことにした。

「威力は抑えられないんですか?」

「ダメダメ……。何度やってもダメ。ついたあだ名が『皆殺しの魔道士』……」

「皆殺しですかぁ……」

話している間にも、メディは少女を観察した。身体に異常はない。少し栄養の偏りが見られるものの、許容範囲だ。

魔力を完全に感じることができないメディでも、少女には違和感がある。魔道士であれば身体中に靄がかかって見えるのだ。

その靄が魔力であるが、メディにはその程度でしか感じ取れない。しかし、少女は魔法が使えるにもかかわらず、靄が一切なかった。

そしてメディは思う。味方を巻き込むほどの魔法ならば薬を使うどころではないはず、と。

「それにね……。なんだかこうしてると抑えられないんだ。こう……欲が……。魔法を放ちたくてたまらなくなる……あぁ、私の腕が震えるっ！　鎮まれ！　私の腕！」

「し、鎮まってください！」

メディも一緒になって少女の腕を押さえる。特に効果はないのだが、少女は呼吸を整えて落ちついた様子を見せた。

「はぁ……はぁ……。ね？」

「ね、と言われましても……」

「だから薬が必要なの。ポーションをいくつかちょうだい」

「汎用ポーションならあります。これなら誰が飲んでも一定の効果が見込めます」

「じゃあ、それをお願い」

客が欲しいといえば売る。ただしメディはやはり納得していない。根本的な解決になってないからだ。そして少女の今の挙動で、おおよその原因に見当がついていた。魔力や魔法の知識がなくとも、人体には精通している。

それを確かめるためにポーションを渡した後、一つ思いついた。

「あの、一つだけお願いできますか？」

「え、客の私に？」

「は、はい。あなたがそうなっている原因を特定するためにやってほしいことがあるのです」

「ま、まさかわかっちゃったの？」

「まだ断定はできません」

メディは一つのポーションを差し出した。

やがてエルフの少女はエルメダと名乗る。エルフは魔力に長けた種族のため、活躍の幅は広い。宮廷魔道士団、治療院、魔法学者。多岐に亘る分野で出世の機会があるが、中にはエルメダのような問題を抱える者もいた。

「これは？」

「ご存知ないです？」

「ないですな！」

彼女の前に出されたのは、桃色のポーションだった。この反応を見て、メディは自論の正しさを認識した。魔道士であれば知らないはずがない。お世話にならないはずがないそのポーションは――

「マナポーションです。魔力を回復するんですよ」

「マナポーション……。そういえば飲んだことないなぁ」

「おそらくエルメダさんには必要がないからです」

メディの狙い通り、エルメダはマナポーションを手に取ろうとしない。見た目はフルーツドリンクに近くて親しみやすい色だというのに、エルメダはどこか恐れているようでもあった。

当然、メディは催促しない。エルメダが手を出しては引っ込めて、かなり躊躇していた。

「こ、これを飲まなきゃダメ？」

「どうしても飲めませんか？」

「う、うん。ごめんね……」

「やっぱりエルメダさんは優秀な魔道士ですねぇ」

メディが頷いて感心する。エルメダは怪訝な顔をするが、メディとしては本心なのだ。

「どうして急に褒めるの」

「エルメダさんはマナポーションを本能で避けてますね。それはきっと膨大な魔力のせいです」

「……自分の魔力くらいはわかるよ。でもそれと何の関係が？」

「多すぎる魔力がエルメダさんに詰まっているんです。もうパンパンです。それをギュッと押し込んでいるんです。さっき腕を押さえていたのも、本能が溜まり過ぎた魔力を放ちたくなったからだと思います」

メディが両手をギュッと握る仕草をした。エルメダの頭の上には相変わらず『?』が浮かんでいる。

「私、魔力は完全に感知できないんですけど、靄みたいな形で見ることはできます。魔道士の人達には大体、靄がかかってますね。ですがエルメダさんにはそれがありません」

「それって他の魔道士は魔力が常に漏れてるってこと? そういえば、他の魔道士は確かにそんな感じだったかな……」

「そうです。それが自然なんです」

「じゃあ、私の中に魔力が常にパンパンに詰まっていて……いつかバンって破裂しちゃうってこと⁉」

「そうならないようになんとかしましょう」

エルメダが二の腕をさすっている。自身が破裂するところを想像してしまったのだ。無駄に豊富な想像力が彼女をより恐怖の底に落とす。

「あ、あの。ちょっと魔法を使ってくる」

「ダメです!」

「だ、だよね……」

メディはこの出会いに感謝した。もしエルメダがこのままこの村に立ち寄らず、問題解決に至らなければ大惨事になっていた可能性があるからだ。

「魔法を使った時に高威力になりすぎてしまうのは、エルメダさんの身体の特性からです。強力な魔法耐性が外側と内側にあるんです」

「……魔法を放つ時、いつも時間差がある。それと関係が？」

「膨大な魔力が身体から放たれる時に、強力な魔法耐性をかすかに破っているんです。水がたくさん入ったカップに穴があいたら、勢いよく流れ出るのと同じです」

「で、でも魔法耐性を破ったらそのまま漏れ続けるんじゃ？」

「そこがエルメダさんのすごいところです。破ってもすぐに修復されちゃうんですよ。特異体質といってもいいです」

エルメダは理屈の前に、メディという少女に感心した。彼女がこんな辺境に来たのは、誰にも迷惑をかけたくないからだ。

以前、所属していたパーティからも危険すぎるとされて追放された。いつ爆発するかもわからない爆弾を抱えたがるパーティなどいない。

エルメダもそれがわかっていたから、せめて誰かが怪我をしてもポーションで治せばいいなどと末期的な発想に至った。要するにヤケクソだったのだ。

「……そんなのまでわかっちゃうんだ。あなた本当に薬師（くすりし）？」

「私は薬師のメディ。薬師なら人体のあらゆる問題に精通してないと務まりません。魔法が使えないからわかりませんなんて言い訳できません」

「そ、それにしてもどこでそんな知識を……」

「とにかく治療を始めちゃいますか？」

「は、始めるって？　もしかしてどうにかなったりする？」

「なったりします！」

エルメダはほろりと一筋の涙を流した。まだ治る根拠がわからない。それなのに不思議と希望を抱いてしまうのだ。

メディの心遣いもそうだが、何より一切の迷いが感じられない。突然、押しかけた自分のために薬師がそこまでしてくれるという事実も嬉（うれ）しい。

「あなた、メディちゃんだっけ……。なんだかごめんね……」

「な、なんで泣くんですかぁ！」

「この体質のせいでひどい目にあったから……」

「ではさっそく始めるのでアイリーンさんを呼びます！」

「アイリーン？」

なぜ第三者を呼ぶのか。エルメダは唐突に嫌な予感がした。アイリーンという人物とは面識はないが、偶然にも『極剣（きょくけん）』と同じ名前だ。さすがに同一人物ではないだろうとエルメダは楽観視するが、答え合わせは数分後だった。

「メディ、採取依頼ではないようだが？」

招かれた容姿端麗な女性にエルメダは見惚（みと）れてしまう。スタイル抜群、まるで美術品のような身体の完成度はエルメダにとっても憧れだった。

こんな田舎の村に似つかわしくない。村に対して失礼な感想を抱いたエルメダはなぜか深々と頭を下げた。

「ど、どうしたのだ？」

「エルメダさん。こちらがアイリーンさんです。あの、頭を上げてくださいね」

「ごめん。あまりに神々（こうごう）しかったから……」

幼児体型のせいで甘く見られてきたエルメダにとって、アイリーンの身体は理想体型だった。元々エルフは小柄な種族なので仕方ない一面ではある。

「あの、まさかとは思いますが。極剣で知られるアイリーンとはもちろん別人ですよね？そうですよね」

「そう呼ばれることもあるな」

「そう呼ばれることもあるんですかー。呼ばれて……」

エルメダはのけぞって後頭部を壁に打ち付けた。心配したメディに支えられても尚、よろける。

「ほ、ほ、ほほほ、ほんもにょ！」

「ほんもにょということになるな」

「王国騎士団百人抜きを達成したと言われている……!?」

「いや、もう少し多かったはずだ」

「ア、アハハ……なぜそんな方が、目の前に……」

落ちこぼれていたエルメダにとって、アイリーンのような冒険者は雲の上の存在だ。以前のパーティですら、口々にその名を語っていた。行く先々で極剣の名を聞かないことなどない。メディはエルメダの肩に手を置いて、アイリーンに微笑む。

「アイリーンさん。今日はこのエルメダさんのマッサージをお願いしたいんです」

「私にマッサージをやれだと？」

「あ、不都合があるならいいですけど……」

「いや、大歓迎だ。昔、マッサージ師を目指していてな。得意なほうだぞ」

「それはいいですねぇ！」

アイリーンの指がわきわきと動く。

メディは手放しで喜ぶも、アイリーンはケーキ職人やパン職人などを目指していたことを思い出す。いったいいくつの夢を持ってきたのかと思わなくもない。年齢についての言及もしたかったが、今日に至るまで、なぜか果たせないでいる。

彼女がそうさせないオーラのようなものを纏っているとメディは感じ取っていた。

「さて、やりましょう！」

奥にあるメディの部屋に移動して、エルメダに服を脱いでベッドに寝てもらう。アイリーンにもエルメダの事情を一通り、説明した。

「まずはエルメダさんの強力な魔法耐性を緩めないといけません。ただしそれには強い力が必要なんです。まずはこれを塗りましょう」

「え、その塗り薬は？」

「魔法耐性を下げる薬です。私は塗り薬として調合しましたがポーションとしても知られていて、昔の薬師はこれを魔物にぶっかけていたそうですよ」

「へぇー、知らなかった」

メディがエルメダの柔らかい身体に薬を塗り込む。

「ぬりぬりー」

「ふぁっ……！　ひゃんっ！　あぅっ……んっ……」

エルメダの肩から胸にかけてメディの指が触れると、エルメダは身体を震わせる。反射的に小ぶりの胸を隠してしまいそうになった。

くすぐったさとなんとも言えない心地にエルメダは恥ずかしくなってきた。やがて全身に塗り終わると、アイリーンの出番である。エルメダは緊張と興奮に支配されていた。アイリーンのスタイルは幼児体型のエルメダとは比べものにならない。特に胸部を見れば雲泥の差だった。

人生において、誰もが憧れる極剣のアイリーンからマッサージをしてもらう機会がどれほどあるか。

辺境の村に立ち寄った時点で、こんなことになるとは思いもしなかった。馬鹿にされて蔑まれたエルメダは今、自分の人生を祝福している。ここはもしかして楽園なのではないかと、アイリーンのマッサージを心待ちにしていた。

「で、ではお願いします！」

「うむ、腕が鳴るな」

アイリーンがエルメダの身体に手を触れる。エルメダの人生の祝福の最後だった。

「いだだだだだだっ！」

指圧だけで皮膚を貫通して内臓と骨に届かんばかりだった。普通であればここで手心を加えるのだが、アイリーンはマッサージに対して独自の理論を貫いている。

「痛いほうが身体の為になる」

「ならないならない痛い痛い痛いぎゃあぁぁ――――っ！」

エルメダがメディに手を伸ばして救いを求めている。しかしメディは見守っていた。こうでもしないと治療の意味がないからだ。

「私の力じゃエルメダさんの身体に薬を浸透させることができません。アイリーンさんみたいな力持ちじゃないとダメなんです」

「なにそれ聞いたことないたーーーーいぃぃぃっ！」

傍から見れば無残な光景であり、エルメダはからかわれているのではないかと激痛の中でぼんやりと考える。手でベッドをバンバンと叩いてギブアップを訴えるも、地獄は終わらない。

「あのあのあのもうどうでもいいんで終わり痛い痛い痛い！」

「どうでもよくないんです！　今までのことを思い浮かべてください！」

「今まで……いたたたたっ！」

「このマッサージが終わればエルメダさんはすごい魔道士になれるはずです！」

エルメダは自分を見捨てたパーティメンバーの蔑むような目を思い浮かべた。

もうあんな思いは嫌だ。そう思いながら流す涙は激痛によるものだけではない。過去を振り返れば、そこには絶望しかなかった。

歯を食いしばり痛みに耐えていると、時が経ってアイリーンは手を止める。

「メディ、一通り終わったがこれでいいのか？」

「はい！　バッチリですよ！　エルメダさんも起きてみてください！」

「へ？　もう死ぬから無理……」

この痛みで起き上がれるはずがないと思いながらもエルメダは渋々身体を動かした。

すると、するっと身体は動くし芯が温かい。以前、どこか感じていた息苦しさのようなものが今になってようやく認識できる。

「なんか変……」

「服を着てください。さっそく訓練しましょう」

「訓練？」

「魔法ですよ！　今までより制御できるはずです！」

半信半疑ではあるが、エルメダは自身の中で何かが変わったと実感している。

それがなんなのかはわからないが、今はなぜか魔法に対して強烈な自信を持てるようになっていた。

そうと決まれば迷うことはない。エルメダは山で訓練に明け暮れた。訓練開始の初日の時点でエルメダは己の変化に驚いた。魔法発動までにタイムラグが一切なく、思い通りのタイミングで放てる。

放つ際の引っかかりがない。ただし高威力は健在だ。ハンターウルフの群れごと山の一部を爆破した際には、また悲観しかけた。

仕事の合間を見てメディはここ数日間、エルメダの特訓を見届けていた。メディとしては魔法の指導は行えないので見守るだけだ。

「私の魔法は冒険者に向かないかもね。魔物を丸ごと消滅させたら皮とか牙の素材が台無しだもん」

「エルメダさんの魔法は爆破だけなんですか？」

「それしかできないよ」

「制御できるようになれば、もっといろいろできるかもしれません」

魔法に関しては素人（しろうと）のメディの発言だ。エルメダはそんな簡単にうまくいくわけがないと心の中で悪態をつくも、他ならぬメディの意見でもある。

グッと気合いを入れて今一度、魔法の発動を試みた。その対象は迫る猪（いのしし）の魔物バーストボアだ。突進と同時に爆破を引き起こす危険な魔物として知られている。

「バーストッ！」

エルメダが試みたのは爆破ではない。一直線に迫るバーストボアを見て思いついたのだ。威力を限りなく圧縮して、バーストボアのように一点集中できればと考えた。そのイメージの結果、バーストという、爆破とは異なる結果を引き起こす。

エルメダの魔法は赤と黄が混ざり合う一筋の光線となってバーストボアの鼻っ柱から尻まで貫く。丸い空洞を穿（うが）たれたバーストボアの胴体は顔面ごとぶち抜かれて、活動を停止して倒れた。

「あ、あれ。今のいい感じじゃない？」

「すごいですねぇ！　爆破じゃないですよ！」

「全然バーストでもないね……。でも今までこんなことできなかった」

エルメダは自身の両手を見る。身体内の魔力の流れがよくわかるのだ。限界まで溜（た）まって身動きが取れなかった魔力が身体中に巡って少しずつ放出されていた。

それがたまらなく心地いい。魔道士であれば当たり前のように実感できるのだが、エルメダは世界が変わったとすら思った。今、彼女はようやく自分を魔道士だと自覚できている。

「今の魔法を光線と名付けよう」

「いいですね！　一度にたくさん撃てたらもっとすごいと思います！」

「さらっとすごいことを思いつくね……」

今までのエルメダであれば諦めていた。しかし今なら、とエルメダは片手を空に向ける。指の一本一本にまで魔力を巡らせて、光線を放った。五本の指から相応の太さを保った光線が天に放たれる。

「……なんかできた」

「光線ですか⁉」

「これを魔法と言い切っていいのか不安になってきた。でも、まだもう少し行けそうな気がする」

エルメダは遠方にいるハンターウルフに目をつけた。まだこちらには気づいていない。木々に阻まれているが、だからこそエルメダは試したくなった。より集中して魔力を感じる。

エルメダの指から放たれた光線は障害物を避けていく。まるで筆が描く曲線のように、それはハンターウルフを背後から撃ち抜いた。

「はぇ⁉　なんですかーー！」

「慣れたらこんなこともできるみたい。追跡光線(ホーミングレーザー)と名付けよう」

「やっぱりエルメダさんはすごい魔道士でしたね」

「い、いや。まぁ、メディのおかげだからね。あなたほどの薬師がまさかこんな辺境にいるなんてね」

「それはいろいろあったのでー……」

メディが言い淀(よど)んだのを見て、エルメダは追及しなかった。その際にメディがほんの少しだけ悲しげな表情を見せたのを見逃さなかったからだ。

エルメダにとってメディは恩人だ。その恩人、しかも凄腕(すごうで)の薬師を辺境に追いやった何かがある。勝手な憶測であっても、エルメダは見えない何かにかすかな憤(いきどお)りを感じた。

「メディ、あのさ。私って今回、すごいお世話になったでしょ。だからさ……なんか悩みとかあったら相談に乗るよ」

「え？　エルメダさん、この村にいてくれるんですか？」

「うん、どこにも行く当てなんかないからね。それに数日だけど、この村ってすごく和むんだよね。皆、優しくて居心地がいいんだ」

「わかります！　村長さんやブランさん、ポールさん、オーラスさん。親切ですよねえ！」

　エルメダはこの村を離れたくなかった。行く当てがないというのは本当であるが、ここにはメディがいる。

　薬師メディの特異性が気になって仕方がないのだ。ここから離れてしまうのはあまりにもったいない。それは経済的事情よりも優先してしまうほどであった。

　村への定住を決めたエルメダはアイリーンと訓練をするようになる。

「行くよ！　アイリーンさん！」

　人の気配がない村の外れにて、エルメダがアイリーンに向けて光線（レーザー）を放つ。五本の光線（レーザー）が自由な曲線を描きながらアイリーンを四方八方から襲った。

　アイリーンが息を吐いてから、片足に力を入れて回転。回転の刃となったアイリーンにすべての光線（レーザー）がかき消された。エルメダは愕然（がくぜん）として、後ろの木にもたれかかる。

「や、やっぱり化け物じゃん……」

「いや、なかなか素晴らしい魔法だった。正面からでなければ私も対処が難しいだろう」

「そんなの気休めでしょー……」

「戦いとは常に一対一で向き合うものではないぞ。それとわざわざ攻撃時に許可を取らなくていい」

　アイリーンとエルメダは意気投合して、最近はずっと一緒に特訓をしている。

　エルメダは魔法の奥深さに気づいて訓練を兼ねた狩りを始めたが、それだけでは物足りない。もっと極めたいとメディに告げると、訓練相手としてアイリーンを薦められたのだ。

　極剣相手に恐れ多いと一度は尻込みしたが、アイリーンは快諾。連日のように二人は模擬戦を繰り返していた。ただし勝敗はあまりに偏りがある。

「これで私、三十連敗じゃん。私じゃなかったら心折れてるよ」

「折れたらまた鍛え直せばいい。そうすればより頑丈になる」

「そんな骨みたいな理屈で？　ていうかアイリーンさんも心が折れたことあるの？」

「あるぞ。彫刻家を目指していた時があってな」

　有名な彫刻家に弟子入りしたものの、瓦礫（がれき）が増えるばかりで何も残らなかった。

　師匠に見放された時のエピソードを話すアイリーンに、エルメダはまともに顔を向けられなかった。

「そ、それは大変、だったね……」

「あぁ、ショックだった」

　エルメダは顔を背けて笑いを堪（こら）えている。堪えきれなくて輪切りにされる自身の末路を思えば、なんとしてでも踏ん張らなければならない。

　何せ話しているアイリーンは真剣なのだ。他人の夢破れた話を笑うなど、とは思うも、やはり笑い話である。

「どうした？　体調でも悪いのか？」

「ちょ、ちょょっとお腹が痛くて」

「それはいけないな。今日の模擬戦は終わりにしよう」

　エルメダは自分の服の襟を摘んで、ぱたぱたと風を送る。外は涼しいとはいえ、今日だけで三戦もしたのだ。

　一方でアイリーンは汗一つかいていない。それを見てげんなりしたエルメダが地面に腰を落とす。

「あーーー、お風呂にでも入りたいなぁ」

「お疲れ様です！　お薬出します！」

「うわぉっ！　メ、メディ……ビックリした」

「差し入れのポーションですよ」

　メディが二人用に調合した冷たいポーションだ。体力回復だけではなく、身体作りにも貢献している。ごくごくと飲めるため、これを見た村人からの注文も殺到していた。

「ぷっはー！　たまらん！」

「エルメダさん、おじさんみたいですね」

「これでも今年で三十だからねぇ」

「お、おばさんじゃないですか！」

「これが人とエルフの違いさ」

エルメダの容姿だけ見れば、十代の少女と変わらなかった。メディが見抜けなかったのも無理はない。

エルフの長寿の秘訣は恵まれた魔力の質や操作によるものだと考えられている。無意識のうちに魔力で皮膚や組織の老化から守っていた。

人間からすればとんでもないことだが、エルフにしてみれば誰にでも生まれながらに備わっている身体機能だ。

各界隈で研究がなされているが、エルフの魔力の質、そして無意識による操作は人間では不可能と言われている。その昔、長寿を求めてエルフ狩りが行われた歴史もあった。

「私、まだまだエルフについて知識が足りてませんでした……」

「私からすればメディの知識のほうが驚くけどね。師匠とかいるの？」

「私が持っている知識はお父さんから盗みました。見て覚えろなんて言って、ほとんど何も教えてくれません」

アイリーンとエルメダは沈黙した。それを剣術に置き換えれば、剣聖に届く資質だ。魔法に置き換えれば賢者に到達できる。

やはり二人はその知識の源である父親が気になった。メディが現時点で師匠である父と同格なのか、或いは及んでいないのか。

もしメディのような薬師が他にいるとすれば、国が放っておくはずがない。メディだけでも、こんな田舎でのほほんとしていられないのだ。

「メディ。父親は今、どこにいる？　なんという名だ？」

「遠くの田舎にいますよ。ここと同じくらい小さい村です。名前はランドールです」

「ランドール……？　聞いたことがないな」

「当たり前ですよー。小さな田舎の薬師ですからねぇ」

高名な薬師かと思えば、アイリーンに思い当たる人物はいない。しかし解せなかった。そんな力を持った薬師が田舎に引きこもっている。その親にしてこの子ありといったように、やはり似通うものか。

アイリーンはそんなことを考えたが、無粋でもあった。メディに助けられた自分が勘ぐる話でもない。それはエルメダも同じであったが、彼女としてはやはり気になる。

「メディはさ、もっと大きなところで働きたいとか思わないの？」

「大きなところですかー……。思わないですね」

エルメダは再びメディの表情を観察した。やはり陰りがある。かつては大きな町で働いていたが何かあったのだと察するには十分だった。そんなエルメダをメディがじーっと見つめている。

「な、なに？」

「エルメダさんとアイリーンさん、お疲れですね。やっぱり必要ですよねぇ。心身ともに癒（いや）されるようなお風呂。いわば薬湯です」

「やくとう⁉」

メディが立ち上がって二人を見下ろした。その目はやはり輝いており、実行に移す気満々だ。

10話　ロウメルの苦悩

「最近、当治療院へ来院する患者が減っている。退院手続きを申し出た患者も多い」

　ロウメルは会議室での定例集会にて、開口一番に全員に向けて告げる。ため息を堪えて
ロウメルは言葉を続けた。

「諸君はよくやっていると私は思う。しかし、ここ最近になって急にクレームが増えたの
だ。なぜか？　思い当たる原因を述べよ。まずブーヤン君」

「へ？　オレっすか？」

　だるそうにブーヤンがメモ帳から目を離す。目元をこすって、あくびをした。

「君の薬の評判はよくない。以前、在籍していた薬師の時では考えられなかった」

「前の薬師がいたんすか？」

「いたよ、ブーヤン。毒物を混入させた薬を出そうとした馬鹿な小娘がね」

「マジっすか、イラーザさん。女の子だったんすか。お近づきになりたかったなぁ」

　ロウメルの話をそっちのけでイラーザとブーヤンが盛り上がる。

「イラーザ君、君もだよ。君は長年、勤めてくれた。が最近、急に君の素行や治癒魔法へのクレームが舞い込んでいる。治療院はこの町に当院のみなので、利用してくれただけだ」

「ではなぜ最近になって、と仰るのですか？」

「少し前まで当院の評判は良かった。難病も怪我も長引かない。患者の笑顔が目立った。良い環境になれば人は慣れる。逆戻りすればどうだ？　慣れた環境に戻せと人々は怒る」

「つまり何を仰りたいのですか？」

「慣れた環境とは即ち、追い出してしまった薬師メディがいた時のことだ」

イラーザは焦った。ロウメルの決断や行動次第では自身の計画が水の泡になるからだ。

「お言葉ですがロウメル院長。その件に関してはあなたに責任があります」

「私が間違っていた。あの事件は何かおかしい。今一度、彼女に会ってみようと思う」

「馬鹿なことを！　それで何が解決すると！」

「患者の心身だよッ！」

ロウメルがついに怒鳴った。後悔に打ち震えたロウメルがイラーザ達を睨みつける。

「すべての責任は私が取る！　まずはイラーザとブーヤン！　君達を解雇する！」

「正気ですか⁉」

その時、治療院に白いローブを纏った集団が入ってきた。

「治癒師協会のレリック支部長、本日はどのようなご用件でしょう？」

「この中にイラーザという治癒師はいるか？」

「あちらに……」

イラーザを確認してから、レリックはロウメルの脇を通り過ぎた。

「治癒師イラーザ。報告、ご苦労だった。本日はこちらで調査しよう」

「ありがとうございます！　レリック支部長！」

「ど、どういうことかね！」

「ロウメル院長。いえ、ロウメル。もうあなたには何の権限もない」

イラーザがロウメルに邪な笑みを向ける。他の者達も澄ました顔をしており、ロウメルは察した。

「き、貴様！　まさか！」

「今までご苦労様でした」

レリックの聞き取り調査もすべては形だけだった。イラーザの息がかかった者達が口にしたのはロウメルへの不満だ。

ロウメルが手のかかる患者を殺そうとして薬師に毒を作らせ殺害の手引きをしたなどと

捏造されてしまった。

イラーザは以前から治癒師協会に手紙で密告していたのだ。自身の手柄を主張して、治療院の頂点に立つために。

「ロウメル、本日をもって院長の任を解く」

毒殺未遂事件について触れないのは治癒師協会の面目を考えてのことだ。そして、ロウメルは治癒師協会から追放処分とされた。

11話　入浴剤の調合

村の入浴事情はそれほどよくない。民家の外に設置された風呂に村共同の給水所から引いた水を入れて薪で温める。本格的な冬場になると凍結の恐れがあるため、村人が給水所を当番制で管理していた。

アイリーンとエルメダが住んでいる元空き家にも風呂の設備はあるが、何せ民家の外だ。風呂で温まっているうちはいいが上がると寒い。本格的な冬場になると身も凍るほどとなるため、入浴も命がけだった。

「そんなに寒いか？」

「アイリーンさんは特別製だから！　村の皆は身体が温まる薬湯が必要なの！」

アイリーン以外、満場一致で薬湯を必要としていた。メディ達が村長の家に赴いて話せば、村長は興奮してメディの手を握る。

「新たな村興しになるかもしれん！　資金は惜しまんぞ！」

「村興しですか？」

「そうだ！　それも大浴場！」

「だいよくじょー!?」

巨大な共同風呂だ。その文化を知らなかったメディは驚愕する。不特定多数と一緒に風呂に入ると考えると、さすがにすぐには受け入れがたいものがあった。

「人が集まれば、この村も活性化する。不便なことも減るじゃろうて」

「なるほどっ！」

村長の一言でメディは一瞬で受け入れた。次の問題は人員だが、これは意外と早く解決する。

「姉御！　オレ達に任せてください！」

「気合い入れて風呂をガンガン沸かしますぜ！」

「文句つけてくる奴がいたら秒で殺しますわ！」

アンデ、ポント、ウタンの三人が秒で快諾する。メディは笑顔で彼らに任せた。

人員が揃って村長の許可が得られたところで、メディは奔走する。大浴場の建物の建築計画を練るために大工のオーラスと相談。村人の年長者を集めて、綿密に計画を練った。

薬湯計画はたった一日で村中に広まる。

大人はもちろん、子どもにとっては未知の秘境のようなものだ。広い風呂ができるというだけでワクワクが止まらない。

　メディは奔走した。不特定多数が入る湯であれば、個人の身体（からだ）に合わせたポーションの調合とはわけが違う。メディの薬屋で売られている汎用ポーションは老若男女（ろうにゃくなんにょ）、誰でも飲める。

　それと同じ要領で老若男女の身体を刺激せず、ゆったりと気持ちよく浸（つ）かることができる湯にする必要があった。さっそくメディも薬屋に戻って作業に移る。

「さーて！」

　まず魔力水は使えない。大量に用意できない上にコストがかかりすぎる。そうなると通常の水をベースとしなければいけない。

・村の地下水　ランク：B

「水は良好です」

　幸い水に恵まれているこの土地の特性はメディにとって大きな助けになる。その上で薬湯をこれから考えていく。ただの湯に素材を入れただけでは効果は薄い。

　保温性を考慮して、メディはレッドハーブを選定した。アイリーンに持たせているフィジカルポーションにも使われている素材だ。より効果があって老若男女になじむ薬湯。口で言うほど易しくないと、さすがのメディも頭を抱えた。しかしそれもまた楽しい。

一度、調合作業に入ると食事もとらずに没頭してしまうほどだ。

・レッドハーブ　ランク：B　・レスの葉　ランク：C

「レスの葉も欠かせません」

アイリーン経由で手に入るレスの葉も使用候補だ。

・ブルーハーブ　ランク：B

「効果をより浸透させるにはブルーハーブの魔力の助けが必要です」

魔道士でなくとも、人間の身体は微弱な魔力を保有している。魔力を通じて身体に効果を浸透させるのは、通常のポーションと同じだ。

フィジカルポーションの要領であればレッドハーブは欠かせないため、メディは一つ試してみることにした。

「沸騰させてからレッドハーブの成分を抽出！」

調合釜に二つのハーブを入れて煮詰めた。湯に溶けだしてできたものは――

・体力の水　ランク：B

「疲労回復の効果一つ！」

メディは入浴剤のようなものを考えていた。それならば予め（あらかじ）メディが用意しておけば、後は誰が湯に投入しても同じ効果が得られる。だが、体力の水程度で満足するメディではない。

「体力の水、液体もいいですが……」

一から練り直しだとばかりにメディは体力の水を見つめ直す。液体ベースの他には粉末状も考えていた。

・レンジオの実　ランク：C

メディが目をつけたのは村人の民家の庭にある木から採れた実だ。頭を下げたら、一つだけ譲ってもらえて感謝している。酸っぱさが勝ってメディはあまり好まないが、これに含まれている成分に目をつけた。

調合釜にレンジオの実をすりつぶして入れてから火にかける。少しずつ水を加えると、かすかに発泡した。これこそが薬湯に必要なものだとメディはガッツポーズだ。

しかしメディはレンジオの実ではなく皮でも一つ試す。皮を調合釜で粉末状にして、入浴剤の原料の一つとした。

「これで身体がポカポカ温まるはずです！」

リラックスハーブティーにも使用したオルゴム草でリラックス効果、レンジオの実の皮で保温効果、解毒効果があるグリーンハーブをほんの少し。

レスの葉を乾燥させて粉末にして、仕上げにブルーハーブの魔力で効果をより引き上げ

る。すべて粉末にしたものを調合して、いよいよ出来上がった。

・薬湯の入浴剤　ランク：C

「いろんな人が入浴することを考えるとこの辺りが限界ですねぇ」

ランクが高くなれば効能は高まるが、不特定多数の肌に合わせることを考えると難易度は跳ね上がる。現にメディの汎用ポーションは今のところBだ。

これだけでも聞く者が聞けば天才と評する。しかし今の素材ではこれが限界だった。更にレスの葉を湯に浮かべれば風情（ふぜい）も効果もある。メディは今回の使用素材をまとめた。

薬名：薬湯の入浴剤　ランク：C
素材：ブルーハーブ　グリーンハーブ　レスの葉　レンジオの皮　オルゴム草
効果：保温効果、傷口の治癒、体内環境の改善が期待できる。

「これで村の人達の健康力がアップしますねぇー！」

ポーションを初めとした薬ほどの効果はない。不特定多数に広く浅く効果を及ぼすだけだが、今はこれでよかった。

大人から子どもまで気持ちよく入浴できる場所ができるというだけで、メディは今から期待感でいっぱいだ。期待が高まりすぎて、入浴剤を持って外へ出た。

「アイリーンさん！　エルメダさん！　入浴剤の試作品ができました！」

模擬戦が一区切りがついた二人にメディがはしゃいで報告する。相変わらずエルメダはアイリーンにまったく敵わない様子だ。メディのテンションが高いのを見て、アイリーンとエルメダも目を輝かせる。

「よし！　さっそく試そう！　汗をかいてしまったからな！」

「入りましょう！」

「入ろうっ！」

三人は一致団結するがメディの家の風呂は狭い。そこで、アイリーンが住んでいる民家の風呂に向かい、さっそく風呂を焚いた。脱衣所にてメディとエルメダは服を着たまま沸くまで待っているが、アイリーンはすでに脱いでいる。

「さ、寒くないの？」

「問題ないぞ」

「さすが神から授かりし肉体……。見てるこっちが寒くなってくるぅ」

エルメダはアイリーンから目を逸らすが、メディは相変わらず完璧な身体だと感心する。湯加減を確認しようとアイリーンが湯船に手を入れてから頷いた。

「ちょうどいいぞ」

「沸いた？　よーし！」

二人が入るには手狭だが、アイリーンに続いてエルメダも足を入れる。ところが間もなく悲鳴が響き渡った。

「あっつうううういぃぃぃぃ――――――！　熱湯じゃん！」

「そうか？」

「そうか？　じゃなくて！」

「さすがアイリーンさん！」

「感心するんじゃなくて！」

これでは入浴剤のお試しどころではないだろうと思い、メディは火を消す。アイリーンならマグマにも平然と浸かりそうだと、エルメダは足を冷ましながら考えた。

「ハーブから成分を抽出するならいい温度なんですけどねぇー」

「私の命が抽出されるところだったよ！」

エルメダはまた一つ、アイリーンという生物の特異性を知った。

湯加減を調整したところでメディが入浴剤を投入する。湯がエメラルド色に変化して、それだけで幻想的な仕上がりとなった。

「わぁ！　見た目もいいね！」

「湯もいいぞ。身体が実に温まる」

「よーし……」

エルメダが今度こそ入浴に成功した。二人では明らかに手狭ではあるが、身体の芯から温まる湯だ。

メディは二人を見て、成功を確信した。心身ともにいい影響を及ぼしており、これだけで満足している。

「よかったです！　これで大薬湯も完成ですねぇ！」

「メディ、お前もどうだ？」

「わ、私はいいですよぉ。狭いですし……」

「こんなにいい湯を二人だけで独占するのはもったいない。遠慮しなくていい」

やがてメディも入浴を試みるがやはり狭い。

遠慮しようとしたところで、メディがエルメダに手を引っ張られた。三人がすし詰め状態のようになり、入浴を楽しむどころではない。

湯の心地よさも何もあったものではないが、メディにとっては初めての三人風呂(ぶろ)である。

「狭いですけどぉ、悪くないですねぇ」

「でしょ？」

「でも狭いですねぇ……」

ほぼ重なり合った状態でなんともカオスだが、メディとしては居心地は悪くなかった。

今は狭いが大浴場が完成すれば、広々と皆で入ることができる。メディは大浴場の完成がより待ち遠しくなった。

一方、入浴施設の建設現場にて大工のオーラスは悩んでいた。ここは村の外れの木々を伐採した場所だ。アイリーンが高速で伐採を済ませたおかげで、工期は大幅に短縮される。

伐採された木々を資材として利用して、オーラスは設計図を睨みながら慎重に作業を進めていた。進めていたのだが、一つ、彼は疑問に思う。

アイリーン達が入浴した翌日、現場の見学に訪れたメディにオーラスが相談を持ちかけた。

「メディ、お前に言ってもしょうがないけどよ。村興しを見越すなら、狭すぎじゃねえか？　これじゃせいぜいうちの風呂の数倍程度だ。せまっ苦しい風呂になるぞ」

「確かに……」

メディは昨日、アイリーンやエルメダと風呂に入ったことを思い出す。民家の風呂の大きさを考えると、大浴場は数十倍の広さが必要だと感じた。

そうなればメディの中で懸念事項がある。入浴剤の不足だ。面積が広くなれば、入浴剤を多く必要とする。畑のおかげでほとんどの素材は大丈夫だが、問題はレスの葉だ。

「しかもな、メディ。村長の設計図によれば、男女の風呂は分けられている。いや、当然なんだけどよ。こりゃ練り直したほうがいいかもな」

「そ、そうですよね！　男性と女性が一緒には入れません！」

「間取りなんかは問題ないんだけどよ。足りないのは面積だな」

「村長さんに相談してみますか？」

「ワシがなんだって？」

「ひゃおっ！」

村長がメディと一緒に設計図を覗(のぞ)き込んでいた。

「おぉ、村長。聞いていたなら話は早いわな。拡張するなら建築資材も不足する。土地も広く取る必要もあるしな、こりゃ思ったより大仕事だぞ」

「ううむ、仕方あるまい。できるだけ手配しよう」

「村長さん。レスの葉が多く必要になるんです。レスの木が生えている場所を知りませんか？」

「レスの葉か……。昔はよく採れたんだがのう」

ポーションの原料となることもあるレスの葉は薬師全盛期において、大量に出回った。

需要の勢いで次々と葉が採られて、挙句、木ごと根こそぎ持っていかれた影響でその数を減らしてしまった。魔力水と同じく、今では独占している貴族もいた。

国が推進しているのが治癒師による回復魔法であるが、まだ早計だろうと有識者が異を唱えているのが現状である。

メディはアイリーンに採取してきてもらうことも考えたが、彼女への報酬と彼女自身の負担を考えれば効率はあまりよくない。

それに不足している建築資材の調達を考えれば、アイリーンのような力持ちに担当してもらうことになる。要するに資材も人員も足りないのだ。

「レスの葉は買うとそれなりに高いんですよねぇ。苗木でも育てたいところです」

「……うーむ。仕方ない。ワシの知り合いに頼んでみるとしよう」

「村長さんの知り合いですか？　レスの葉を持ってるんですか？」

「というより木を所有しておる。しかしな、少々気難しいというか……ワシが言うのもなんだが変わり者でな」

村長が渋るほどの人物であれば、メディも気構える。そこへオーラスがガハハと笑った。

「そんなことか。そんなもんあの『極剣』のねえちゃんを連れていきゃ一発だろうがよ。びびって差し出すんじゃねえのか？」

「いや、そんな甘い奴ではない。しかしメディちゃんなら或いは……」

「だったら私、行きます！」

「メディちゃん一人でか？　さすがに難しいじゃろう。護衛が必要になる」

メディは戦闘職ではない。道中の身の安全の為にも一人、護衛を必要とした。

アイリーンには資材の仕入れ担当をしてもらう為、選出されたのは——

「お安いご用だねっ！」

「エルメダさん、ありがとうございます！」

「この五級冒険者のエルメダがいりゃ安心だよ！」

五級といえば、ビギナーの等級である。討伐依頼を引き受けられない見習いの六級を卒業したばかりだ。

エルメダには似つかわしくない等級であるが、冒険者事情に疎いメディは気にしない。

ただし村長は額に手を当てて、やや心配していた。

「ま、まぁいいじゃろう。いないよりは遥かにマシだ」

「すごい失礼な発言を聞いた」

「では紹介状を書いてやろう。場所はここより北東のクレセイン、魔道列車を乗り継ぐ必要があるな」

「お店はしばらくお休みですねぇ。汎用ポーションを作り置きしておきますね。私がいない間、ご自由に使ってください」

この村から最寄りの駅がある町ですら距離がある。そこから二本の魔道列車を乗り継ぐとなれば、数日はかかった。

メディは旅の準備をしつつ、わずかに冒険心をくすぐられる。その際、やはり村長が気になった。これから会う人物を考えれば、とても辺境の村の村長と吊り合わない。などとメディはぼんやり考えていたが、エルメダは仰天していた。

「ね、ねぇ。さすがに会えないいんじゃない？」

「がんばってお願いしましょう！」

ワンダール公爵。国内における五大領地の一つを統治する国の重鎮だ。王族の中で唯一、国の治癒師優遇政策に反対している。しかしその性格には難があると言われており、たとえ訪問者が時の権力者であっても門前払いも珍しくないという噂があった。

12話　魔道列車緊急停止

　辺境の村から徒歩で丸一日、ようやく魔道列車の駅がある町へ到着する。ここから魔道列車一本でワンダール公爵のお膝元であるクレセインへ直接、到着できればいいのだが、目的地は反対方向の町だ。

　一度、途中下車してから別路線の魔道列車でクレセインへと向かっている。

　メディはこの魔道列車に乗っている時がたまらなく好きだった。車内で寝るのもよし、風景を眺めるのもよし。調合レシピを考えるのもよし。そうしているうちに目的地へ着く。いつもは一人だが今日はエルメダがいる。

「魔道列車のおかげで便利になりましたねー」

「そうだね。昔は護衛をつけて徒歩で次の町に行ってたらしいからね。移動も命がけだよ」

「大変な時代があったんですねぇ……」

「護衛依頼なんてのが儲(もう)かったらしいね。今や護衛なんて高給取りになっちゃったよ」

「なぜです？」

「護衛の必要があるのは貴族なんかの要人だけになったからだよ。一般の人が町へ移動するだけなら、魔道列車があるし護衛なんかいらないでしょ」

メディはエルメダの話に感心した。当のメディは護衛などつけずに辺境の村へ来ていた。駅から辺境の村への道にはそれなりの危険もあるのだが、ほとんど魔物に襲われなかったのだ。このタイミングでふとエルメダがその事実に気づく。

「メディはあの辺境の村に来るとき、護衛はつけなかったの？」

「はい。お金もありませんし歩きました」

「魔物は？」

その時、通路を挟んだ席に座っていた冒険者の一人が立ち上がった。スキンヘッドでいかつい風貌だ。

「まったくその通りだよ。昔は護衛依頼なんかがあって儲かったらしいな」

「道中、魔物や盗賊に襲われなきゃ丸儲けだからな」

「あぁ、昔はよかったよ」

スキンヘッドの仲間達も突然、口々に愚痴を言い始めた。エルメダは不躾(ぶしつけ)な彼らの発言に我慢ならなかった。

「そうは言うけどさ。あなた達だって、この魔道列車を利用してるじゃん」

「利用しない理由はないからな。おかげでオレ達の腕を振るう機会が減っちまった。大して稼げもしねぇ」

「要するに魔道列車は便利だけど、稼げなくなって不満ってことだね」

「そうだ。こう見えてもオレ達は三級パーティでな。それなりに……」

全員が突然、前のめりになってバランスを崩した。魔道列車が急停止したのだ。

「な、なに⁉」

「あ、あれ魔物です！」

車窓から見えるのはずんぐりむっくり体型で灰色の肌をした魔物、トロルだ。しかもかなりの数が魔道列車を取り囲んでいる。

緊急停止の原因は判明したものの、この程度ならば止まる必要はない。エルメダは先頭の車両に向けて走り出した。その後ろを冒険者達が続く。

「こりゃ願ってもないハプニングだなぁ！」

「喜んでる場合じゃないでしょ！　この魔道列車を停止させる何かがレール上にいるんだよ！」

「あそこのトロルどものボスだな！　トロルキングなら大物だ！」

メディもひとまずついていく。先頭車両には車掌が待機しており、数人の警備兵が車外に出ていくところだった。

「おい！　あのトロルどもを討伐するならオレ達も手を貸すぜ！」

「いけません！　レール上にいるのはトロルキングです！」

車掌が止めに入った。

「だったら尚更だ！」

「お客様、冒険者ですか？　失礼ながら等級をお聞きしてよろしいですか？」

「三級だ！」

車掌は頭を無言で左右に振る。

「いけません。トロルキングは二級……とても」

その時、列車内が何かの衝撃で揺れた。

「ぐあぁぁぁぁっ！」

警備隊の一人が魔道列車に叩きつけられた。トロルの数も多く、誰が見ても苦戦していると取れる。

警備兵が魔法で応戦するが、なかなかトロルを仕留めるには至らない。トロルの皮膚は恐ろしく固く、生半可な魔法では通らなかった。

その等級は三級であり、群れとなれば警備兵達だけでは対処は難しい。エルメダはその事実を認識して車外へと出た。冒険者達も当然、張り切ってトロル達へ戦いを挑む。

「おい、警備隊！　加勢するぜ！」

「だ、ダメだ……。トロルだけならまだしも、あそこを見ろ……」

レールの上には両手を広げれば、魔道列車と力比べが可能な大きさのトロルキングがいた。ふごふごと楽しそうに魔道列車の発進を心待ちにしている。

冒険者達の先程の威勢もほぼ消えていた。目の当たりにした二級のトロルキングの巨体に圧倒されただけではない。遊びにでも興じるかのように魔道列車の前に立ちはだかった純粋な暴力の化身を恐れていた。

「ふごっ……ふっごっ！」

トロルキングが瞼の奥の瞳をジロリと動かす。その先には人間達だ。

手下のトロル達も呼応するかのように、再び人間達に襲いかかる。トロルの固い皮膚に刃がなかなか通らず、一匹倒すだけでも精一杯だ。

スキンヘッドの冒険者がトロルの一撃を受けてしまう。

「ぐあぁぁ……チ、チキショウ！」

「ポーションをどうぞ！」

「へ、ポーション……」

いつものポーションと同じ感覚でスキンヘッドは飲むが、瞬時に身体(からだ)へ浸透して怪我(けが)が完治する。喉越しといい、体内全体が潤された感覚が信じられなかった。

「なんだ、こりゃ！」

「魔物は大丈夫です！　エルメダさんが何とかしてくれます！」

スキンヘッドが見ると、エルメダが数体のトロルに追跡光線(ホーミングレーザー)を放って消滅させていた。彼らが苦労してようやく一匹、討伐する魔物がまとめて葬(ほうむ)られているのだ。何度、瞬(まばた)きをしても信じられない。

「さぁさぁ！　この正義と破壊の魔道士エルメダ様を恐れないならかかってきなさい！」

すでに数体の討伐を完了した後であるが、エルメダはセリフを決めた。

冒険者達は我が目を疑う。エルフとはいえ、小柄で子どものような外見の少女がトロルをまとめて討伐しているのだ。その魔法の精度は味方を一切巻き込まず、光の軌道を描いて敵だけを狙い撃っている。

警備隊も車掌も他の乗客達も、魔物に襲われているのにまるで演劇でも観賞しているかのようだった。

「なんだよ、ありゃ……」

「あんな魔法、見たことないぞ！」

「あのトロルの皮膚なんかものともしてねぇ！」

冒険者達はメディの汎用ポーションを飲んだ後も、エルメダの魔法から目を離せない。

トロルは王国騎士団や宮廷魔道士団ですら手を焼く難敵だ。単体では三級ということもあり、これだけなら脅威とならない。

しかしトロルは群れるのだ。五級のゴブリンやハンターウルフのような下級の魔物とは違う。三級という等級で群れる魔物はトロルの他には少ない。しかも魔道列車を襲っているトロルの数は異常だった。

「皆さん、列車の中に避難しましょう！」

「そういう君はどこへ行くんだ⁉」

「私はここでトロルが入ってこないようにします」

メディが言った直後にトロルが向かってくる。冒険者達は構えるも、メディがスプレーを取り出した。トロルに噴射したところで、巨体が止まる。眩暈(めまい)を起こしたかのように揺れて、ドシンと倒れた。

痙攣(けいれん)して嘔吐(おうと)までしており、冒険者達は新たな異常事態に頭の中で処理が追いつかない。

「なんだ、今、トロルに何をしたんだ？」

「グリーンハーブを使った毒です。本当は殺す薬なんか調合したくないんですけど仕方ありません」

メディの発言から、冒険者達は彼女が薬師であることを察した。

このご時世に薬師などと嘲るところだが、メディは三級のトロルをものともせずに殺してしまったのだ。ようやく理解が追いついた時、冒険者達は震えた。

「ト、トロルを瞬殺する薬なんて聞いたことがないぞ……」

「あ、そうです。危ないので離れていてください。少しでも吸ったら危険です」

「ひえぇぇぇ！」

冒険者達が一目散に魔道列車に避難した。その一部始終を見ていたエルメダが、ひゅうっと口笛を吹く。この世でもっとも怒らせてはいけないのは誰か。その気になればあらゆる暗殺を可能とするポテンシャルをメディに見出した。

治癒魔法ではとても不可能な芸当だ。薬という奥深い概念をエルメダは目の当たりにしたのだ。

「さてと、ついに大ボスが動き出したね」

エルメダ無双に腹を立てたトロルキングが、手下を足で薙ぎ払う。額に浮かぶ血管が怒りを物語っていた。さすがの警備隊も身じろぎして動き出せない。彼らが対処できるのはせいぜい三級までだ。

魔道列車を止めるほどの魔物に襲われる事態にほぼ前例がないため、警備隊への予算はそこまで多く割かれていない。

「ふごっふ！　ふんごがるばがぁぁぁ！」

「なんて？」

トロルキングがエルメダに向けて拳を放つ。が、巨体の肩ごと消滅している。

「ふげごっ⁉」

「そんな図体（ずうたい）で居座られたら列車が発進できないからね」

エルメダが片手に魔力を集中させて、トロルキングがその光に怯（おび）える。ここにいる者達は真の意味でエルフという種族の恐ろしさを理解していなかった。魔法と魔力に長（た）けた種族、ここで知るのは概要だけではない。

「跡形もなく消えてもらうよ」

その光はすべての者を畏怖させる。メディですらギュッと身を引き締め、冒険者達は身を寄せ合っていた。警備隊も後ずさりして、構えすら解いている。

「大光線（メガレーザー）ぁぁぁぁ――――――！」

傍目（はため）からは光がトロルキングの巨体を包み込んだようにしか見えない。光と共にトロルキングが断末魔の叫びすら上げずに消えていく。光が収束した時、レールの上に落ちたのはトロルキングのかすかな残骸だった。

レールへの影響を考慮して、エルメダはトロルキングの巨体のすべてを破壊しなかったのだ。

「ふぅー……これで全部、片付いた？　よね？」

「もうトロルは討伐されたようです。お疲れ様です」

メディがひょこっと列車から出てエルメダを労う。平静でいられるのはメディのみだ。冒険者達、車掌、他の乗客達は何を見せられているのかと己の正気さえ疑う。トロルキングは二級の魔物であり、大規模討伐クエストが出される化け物だ。

本来であれば、魔道列車はここで運行不能になっていた。皆殺しにされて国が腰を上げる事態になるはずだったが、たった一人の魔道士が解決してしまったのだ。そんな大事だが当の本人は列車に入る。

「ほら、車掌さん。早く列車を動かしてよ」

「お、終わったんですよね？」

「終わったよ」

エルメダの偉業とも言える討伐だが、本人にその自覚はない。少し前の彼女なら、冒険者として再び返り咲けると喜んでいただろう。

しかしメディに出会い、アイリーンと模擬戦を繰り返すうちに富や名声よりも大切なものができたのだ。村での安らぎを覚えた彼女は今や皆殺しの魔道士と呼ばれた頃のコンプレックスなどない。根が快活故に、引きずらないせいもある。

「早くワンダール公爵のところへ行かないとね」

「はい。車掌さん、列車を動かしてもらえますか？」

「そう、そうだな」

車掌がようやく動きを見せたが、冒険者達は座席に座ったまま考え込んでいた。先程まで護衛依頼の減少を嘆いていた彼らだが、現状はトロルの群れに苦戦する始末だ。

護衛が務まる冒険者ならば颯爽と対処する。彼らは三級に昇級して浮かれていた自分達を恥じた。今の立ち位置を思い知った彼らは列車が動き出してから一言も喋らなかった。

13話　イラーザ、至福の時を過ごす

イラーザは院長席にて至福の時を過ごしていた。院長の座についてからは治療院内を徹底して彼女なりに改革したのだ。自分の意にそわない者の解雇、治癒師協会から新たな人材の派遣。支部長のレリックに気に入られたイラーザはすべてが思いのままだった。

「イラーザ院長。まさに順風満帆ですね」

「当然よ、クルエ。あの老いぼれロウメルのやり方じゃいずれこの治療院は潰れていたわ」

イラーザに気に入られたクルエは昼間から仕事もせず、院長室で談笑していた。

「そういえば、あのロウメルはあれからどうしたのかしら？」

「噂(うわさ)によると、この町を出たようですよ」

本当は不当解雇されたロウメルだが、イラーザ達がでっち上げた毒殺未遂事件の噂が広まって自宅へ押しかける者達が続出した。耐え切れず、ロウメルは町を出たのだろう。

これで自分に歯向かう者などいないと、イラーザは己に酔いしれていた。

「ところでブーヤンはどうしますか？　彼の薬はあまり評判がよくないようです」

「あれはあれで忠実よ。私に歯向かわなければそれでいいの」

「確かにイラーザ院長となってからは真面目に勤務していますね。これもイラーザ院長の人徳によるものでしょう」

「フフフ……。ところでクルエ、護衛の手配はどう？」

「ええ、こちらもすでにほぼ完了しております」

怒った患者の中には腕が立つ者がいる。治療院内で暴力行為に及ばれては厄介だった。更に冒険者を雇って押しかけてくる者がいては、イラーザも居心地がよくない。クルエを使って、イラーザも護衛を雇うことにしたのだ。当然、これらの経費は治療院の予算を使い込んでいる。

「すでに十六名を雇っておりますが、聞けば驚きますよ。一級冒険者もおります」

「一級!?　それは素敵ねぇ！」

「どこかの貴族に雇われていたらしいのですが、仕事に失敗して見限られたそうです。でも腐っても一級ですよ」

イラーザは自身の地位を盤石たるものにしたと確信した。この治療院はイラーザにとって牙城(がじょう)であり、荒らす者には容赦しない。

まともな患者はより近づかなくなっていた。そんな時、院長室のドアがノックされる。

「イ、イラーザ様！　町長がお越しです！」

ドアの外で看護師が叫ぶ。一瞬、町長を追い返そうと考えたイラーザだが、さすがに無視できる相手ではないと判断した。

渋々通すと、町長の他に数名の護衛と見知った男がいる。

「町長、こんにちは。今回は」

「挨拶はいい。このダストンが世話になったそうだな」

「ダストン……？」

イラーザは思い出した。以前、足を怪我して入院した時にクレームを入れてきた男性患者だ。

ロウメルに直談判して退院手続きをとって強引に出ていった時のことを思い出す。

「彼はうちの庭師でな。話はすべて聞いた。この治療院では足の怪我すらもまともに治療できないようだな」

「お言葉ですが町長。すべての患者を完治させるというのは現実的には難しいです。だからこそ時間を――」

「その類の言い訳もダストンから聞いたよ。他にもいろいろ聞いたところ、この治療院では毒殺未遂事件があったそうだな」

イラーザは冷や汗をかいた。以前、軽んじた男が町長の自宅の庭師だったのだから雲行きが怪しくなる。

「そ、その首謀者であるロウメルはすでにこの治療院を去っております」

「ほう、あのロウメルがな。しばらく見ないと思ったらそんなことになっていたのか」

「お、お知り合いですか？」

「あぁ、旧知の仲だ」

イラーザは必死に言葉を探っていた。さすがに相手が町長では手荒な真似はできない。しかもそこに護衛もいるのだ。

三十年も勤務していたイラーザだが、ロウメルの交友関係などまるで知らなかった。

「私に一言の相談もなく、あいつは行方をくらました。それにこの治療院の評判は聞いている。ハッキリ言って最悪だ」

「そ、それで私どもはどうすれば？」

「毒殺未遂事件の真相を洗い出す。協力してもらうぞ。ここに以前いた薬師を知っておるな？」

町長の眼光にイラーザは完全にたじろいでいた。

「彼女の薬には私も世話になってな。慢性の腰痛が治った時には何度も礼を言った。ところが今は礼儀を知らんブーヤンとかいう奴が薬師をやっている。あの男はともかくとして、すべて話してもらうぞ」

イラーザはクルエに目で指示を出した。そそくさとクルエが出ていこうとするが、すぐに止められる。

「待て。よからぬことをされてはせっかくの調査が台無しだ。すでに他の者達にも待機させておるよ」

「な、なにかの間違いです……」

証拠の類はないはずだ、イラーザは何度も自分に言い聞かせていた。しかしイラーザの中から一抹の不安が消えずにいる。それはやはりこの場にいないロウメルとメディのことだった。

14話　公爵家を訪問

王国東部に位置するワンダール領は国内でも有数の資源の宝庫だ。その昔、この地の資源を奪い合う時代もあったが、ワンダール公爵の先祖に領地として与えられてからは一変する。あらゆる貴重な資源は公爵家が管理して、信頼できる貴族家に分配された。

魔力水やレスの葉など、国内に輸送する資源の大部分を担(にな)っている。質も保証されており、専用の温室で管理されるなど徹底されていた。メディとエルメダは長旅の末、ついにクレセインに辿(たど)りつく。

「まるでポーションの色合いみたいな町です！」

「ハハハ、メディらしいね。確かに鮮やかな色合いの建物が目立つね」

噴水一つとっても芸術品のような造形であり、周囲に咲き乱れる花々にメディが感動する。そして特に注目したのは調合素材の店だ。ただしその価格はメディが知るものではなかった。質はすべてBだ。

・レスの葉　ランク：B　・魔力水　ランク：B

・ブルーハーブ　ランク：B

「それぞれ売値が違うね？」

「私が買ったものと桁が違います……。そちらの棚にあるものはランクAですね。高級品で私には手が出ません」

欲しい玩具（おもちゃ）を目の前にしたようにメディが目を輝かせている。うずうずする様はエルメダとしても、もどかしい。メディのような薬師（くすりし）こそ、こういった素材を手にするべきだとエルメダは決意を新たにした。

ワンダール公爵がどのような人物だろうと必ずメディを認めさせてやると強く思いながら、遥（はる）か遠くに建つ屋敷（やしき）を見る。

「行くよ。いざ、打倒ワンダール公爵！」

「だ、打倒しちゃダメですよ！　聞かれたら大変なことになります！」

エルメダは急いで両手で口を塞いだ。周囲に目を配りながら、そそくさとワンダール公爵の屋敷へと向かった。

屋敷に辿りつくとメディとエルメダは門の前にできている人だかりに驚く。公爵家の前に大胆にも群がる者達の風体は様々だ。

身なりを整えた高貴な雰囲気を持つ者や大きな荷物を背負った商人らしき者、冒険者も何人かいる。予想外の展開にメディとエルメダはただ立ち尽くすのみだ。

「カラルド子爵からの紹介状だ！　ワンダール公爵へ取り次いでほしい！」

「私はシュツエウド伯爵だぞ！　こっちが先だ！」

「俺は一級の冒険者だ！　紅牙のベイウルフといえば聞き覚えがあるだろう！」

メディとエルメダがどうしようかとばかりに顔を見合わせていた時、門から女性が出てきた。

黒い布のマスクに黒と紫のラインが入り混じった薄手の装束という一風変わった風貌が一同をぎょっとさせる。女性はにこりと笑いかけた。

「紹介状を預かるわ」

「わ、私も……むぎゅっ！」

紹介状を持っている者達が女性に押し掛けるように次々と紹介状を手渡す。出遅れたメディも差し出そうとしたが、人の波に挟まれてしまった。エルメダがメディを引っ張りだしてから一息つく。

「メディ、大丈夫⁉」

「待ったほうがいいですねぇ」

「こんなに紹介状を持ってる人がいるなんて……。実は誰のものでもいいなんてわけじゃないよね」

女性が紹介状を開封して、一枚ずつ目を通していく。そしてある一枚を一人の男性に突きつけた。

「ワンダール公爵が以前、カラルド子爵は気に入らないと仰ってたわ。よってお会いさせるわけにはいかないわね」

「は!?　カラルド子爵はワンダール公爵と酒を酌み交わす仲だと仰ってたぞ！」

「公爵は酒の席で失礼な発言をされたと仰ってたわ。特に女性関係が荒れているところも気に入らないみたいよ」

「はぁぁぁぁ!?」

叫ぶ男性を無視して、女性は次の紹介状に目を通す。また一枚、今度は商人の男に突きつける。

「公爵はシュツエウド伯爵とはファッションセンスが合わないと仰ってたわ。よってこちらも無効ね」

「待て待て待てぇ！　無茶苦茶だ！」

「それは私の知ったことじゃないわねぇ」

必死な商人に対して、女性は突き放す。

「俺は一級冒険者、紹介状はない。賞金首バッドムーンの情報をワンダール公爵が持っていると聞いた。金はいくらでも払う」

「ダメ。紹介状を持って出直してきて」

納得がいかない冒険者は動こうとしない。女性との睨み合いが始まった。一触即発というたところで、メディがひょこっと二人の間に入る。

「あの、私の紹介状を見てほしいです」

「あら、かわいらしいお客様ね」

「もしこちらの紹介状を書いた方がお眼鏡にかなえば、皆さんを通してほしいんです」

「それは難しいわねぇ」

「お願いします。皆さん、お困りです」

女性は首を傾げてメディを見下ろす。メディの紹介状を受け取ってその名に目を通したところで、女性の目が見開かれた。メディ達と紹介状を視線が往復している。

「……あなた、何者？」

「カイナ村のメディです。こちらが正義と破壊の魔道士エルメダさんです」

女性がまたしても考え込む。エルメダもあえて突っ込まない。エルメダの凄さを伝えれば、少しでも心証がよくなるというメディの配慮なのだと信じた。

やがて女性が紹介状を閉じる。そして再びメディに視線を落として唇を歪めた。

「あなた薬師ね」

「よくわかりましたねぇ！」

「薬品の臭いがプンプン漂っているもの。それに私も少しは嗜んでいるのよ。ウフフフ……」

女性の豹変ぶりに全員たじろぐ。肩を揺らして実に楽しそうに笑っている姿が不気味に映った。

「わかったわ。あなたの要望を聞き入れましょう。ただし……今から私なりにテストさせてもらうわ」

「テ、テストですか？」

「もちろん責任重大よ。合格しなければ、後ろの人達はワンダール公爵にお会いできない。あなたから言い出したことだものね？　クスクス……」

「わかりました！　やります！」

はわわ、とばかりにエルメダが固唾をのむ。このような事態になるとは思わず、さすがに心配していた。

エルメダの見立てでは女性も手練れであり、しかもその正体に察しがついたからだ。

「私はカノエ、ワンダール公爵に近づく不届きな人を追い返すのが仕事なの」

まるでメディ達がそうであるかのように、カノエは皮肉を込めた。上機嫌でカノエは装束の内側から瓶を取り出す。ドス黒い紫色の禍々しい液体が入っていた。全員が眉をひそめて、その液体に嫌悪感を抱く。

「私の趣味は毒薬の生成でね。本業もそうなんだけど、すっかりハマっちゃったの」

誰もがたじろぎ、カノエの得体の知れなさに身を引いていた。

「毒って素敵よね。生物の身体はあらゆる侵入者を撃退できるように作られているのに、それを簡単に壊すのよ。そうはならないように作られたはずの身体なのにねぇ……」

カノエが楽しそうに笑う。瓶を指でつまんで揺らして、液体の動きにうっとりしている。公爵家の門番とはいえ、いささか物騒ではないか。一同のほぼ誰もが思うことだ。

エルメダがメディの手を引っ張る。

「なんか危ないよ、あの人」

「うーん……」

カノエはメディに微笑んで、瓶を握らせる。

「テストはね。この瓶に入っている毒を中和して飲むこと。でもこれだけじゃフェアじゃないわよねぇ。これはタツマビキといってね。竜を間引く、だったかしら？　そんな由来を持つ毒なの」

「ドラゴンも殺す毒ですね。知ってます」

「そう、一滴で数百人は殺せると言われている毒よ。あ、でもね……」

カノエがまた笑みを浮かべる。もういい加減にしろと、一同には不快感が募っていた。

「それだけじゃつまらないでしょ？　だから私なりに少し改良したの。タツマビキ改ってところかしら」

「あの猛毒を更に⁉」

「これはいわばあなたと私の勝負よ。無事、毒を中和されたら私の負け。でもそうじゃないなら……」

溜めたカノエはメディの耳元で囁く。

「あなたは、見た人が誰にも話したがらない逝き方をする」

そのどこか妖艶な囁きは近くにいたエルメダの耳にも入った。どう考えても受けるべきではないとエルメダがメディを止めようとした時だ。

「わかりました」

「メディ！」

「エルメダさん。大丈夫です、私は薬師です」

エルメダは自身の心臓の高鳴りを感じるほど緊張していた。カノエから瓶を受け取ったメディは調合釜をバッグから取り出す。

気を利かせたカノエがいつの間にかテーブルを用意していた。ニコリと微笑んで、どうぞと無言で促す。

「ありがとうございます。では始めますね」

「ええ、どうぞ」

エルメダは葛藤していた。ここでメディが死ぬようなことがあってはならない。薬師としての損失もそうだが、何よりエルメダはメディのおかげで立ち直ったのだ。

恩人でもあり、厚かましくも友人でいたい。そんなエルメダにとって、友人を死地に向かわせるなどできない。エルメダが今一度、メディの腕を握って止めた。

「やめて。こんなことまでする必要ないよ」

「エルメダさん、心配してくれて嬉しいです。でも私を信じてください」

「タツマビキの原料になる草が群生している場所には魔物一匹いないと言われてるんだよ！　こんな悪趣味な人を雇ってるワンダール公爵も普通じゃない！」

「……大丈夫ですっ！」

メディが瓶を開封する。そして一同が見守る中、メディは口をつけて一気に飲んだ。

「……メディ⁉」

メディがふらりとテーブルにもたれかかる。青ざめたエルメダがメディを支えて叫んだ。

「メディ！　メディーー！」

「あらあら……」

「あんたッ！　あんたのせいだ！　殺してやるッ！」

カノエが初めて武器を構えた。エルメダから放たれる魔力に、腕に覚えがある冒険者も慄く。

町全体を包み込んで圧倒するかのように、エルメダの魔力は瞬時に膨れ上がった。

「おはようございます」

メディが上体を起こして、ケロリとしている。全員、目が点だ。

「メ、メディ。生きてたの？」

「これ、フルーツジュースです」

「ふるーつじゅーす？」

「毒なんか入ってませんよ」

エルメダの怒りの熱が急速に下がる。よっこいしょ、とメディが調合釜を片付けた。カノエも武器を収める。

「ふぅ、見事ね。バレバレだったかしら？」

「すぐにわかりました。それに本物のタツマビキなら、そんな瓶で管理できません。栓から漏れ出た臭気だけで人体を破壊します」

「うふふふ！　ご名答！　じゃあ、倒れてみせたのは私への当てつけ？」

「少しだけ意地悪したくなりました。だから二度とこんなことはしないでくださいね？」

メディの目は珍しく笑っていなかった。偽物とはいえ、カノエは毒を遊び半分で誇示したのだ。薬品、ましてや人の命を奪う毒に対する姿勢として正しくない。悪ふざけでは済まないのだ。

メディでなければ、中和を試みただろう。或いは諦めて引き下がっただろう。そんな薬師の努力をあざ笑う行為でもある。

「約束です。皆さんをワンダール公爵に会わせてあげてください」

メディの声は低かった。エルメダも、ここまで感情を見せるメディを見たことがない。いつも笑顔で薬を出してくれる優しい薬師さんがそこにいないのだ。メディにここまでさせたカノエにエルメダは怒りを再燃させる。

「カノエさん。今回はメディに免じて許すけど、次にこんなことしたら殺すからね」

「ええ、私もぬるま湯に浸かっていたせいね、本物の怪物を見極められなかったわ。ごめんなさい」

頭を下げながら、カノエはメディに言い知れぬ感情を抱いた。いくら偽物だとはわかっていても、普通は少し躊躇するはずだ。万が一という可能性もある。

自分の目と鑑定結果を疑いもせず、メディは偽の毒を飲んだ。その精神を冒険者の等級に換算するならば、一級と遜色ない。

「ワンダール公爵のお屋敷へようこそ。少し待っててね。怒られてきますから……」

言葉とは裏腹に、カノエは実に楽しそうだった。本来であれば門前払いだった他の者達まで通してしまったのだ。

そしてカノエが戻ってきて無事、メディ達は公爵家の屋敷に案内された。不安が消えない者達がいるが、ただ黙って待つのみだ。

カノエは事前に、紹介元によっては通すなと言いつけられている。それにもかかわらず通してしまった。ワンダールと直接対面しても、交渉がうまくいく余地などない。

「……遅いな。早くバッドムーンの情報をいただきたいところだ」

先程の冒険者が苛立ちを隠せず、他の者達も同様だった。

「エルメダさん。バッドムーンってなんですか？」

「有名な賞金首だよ。数年前にどこかの戦争の終止符を打つきっかけになったとかいう……。数千人ほどの両陣営にほとんど姿を見せることなく半壊させた伝説の賞金首なの」

「な、なんですかそれぇ！　おっかないですねぇ！」

震えたメディの頭をエルメダが撫でて落ちつかせる。数少ない生存者が見たという三日月のシンボルが呼び名の由来だ。

わずかに生き残った者達から語られた視覚情報だけでバッドムーンという呼び名が独り歩きするようになった。

それから間もなく生き残った者達は精神を病み、または記憶からその存在を消していく。

エルメダは神妙な面持ちでそう語った。

戦場の血なまぐさい噂とは無縁の生活を送ってきたメディにとって刺激が強い話だ。

とはいえ、この場で会話で盛り上がることができる者達などこの二人くらいだった。他の者達は緊張の糸が切れない。

「お待たせ。そこの薬師さん、ワンダール公爵との面談よ」

「いきなり私ですかぁ⁉」

「責任重大よ。機嫌を損ねたら他の人達とも会わないってさ。そこのお付きの人もどうぞ」

「えぇぇーーー⁉」

驚いた二人だが、ここで拒否されるほうがエルメダにとって我慢ならない。

心の内にあるのはメディという薬師をワンダールに認めてもらうこと。メディという人物を知ってほしいのだ。その為にわずかでも助力しなければならない。

「ではこちらへ。他の方々はどうぞくつろいでいて。喉が渇いたら、使用人に言いつけてね」

カノエの案内で、メディとエルメダは広い屋敷の廊下を歩く。

さすがのメディもここにきて緊張している。相手は本来であれば一切縁のない上流階級なのだ。そんな人物へ紹介状を書いた村長の正体も気にかかっていた。

そんな思いを巡らせているうちに、二人はついにワンダール公爵と対面する。

「来たか。カノエのケンカを買った小娘よ」

メディは面食らった。村長の知り合いならば、白髭を生やして腰を曲げた上品な老人がそこにいると思っていたからだ。

ブラウンの体毛、口元から覗く牙、猛獣のような目、というより猛獣そのものだった。大きなソファーを一人で独占して、片手にはワイングラス。獣が二足歩行で人間の真似事をしていた。

「初めまして！　メディです！」

「わ、私は付き添いのエルメダです。無作法な者ですが何卒（なにとぞ）、よろしくお願いします」

「んむ、あのブランムドの紹介だろ。あの野郎、まだ元気に生きてるか？」

「村長さんのことですか？」

そうかそうか、とワンダールはワインを一気に飲む。使用人がすかさずワインボトルを傾けてグラスに注いだ。メディはそこにいる獣人を観察する。獣人の存在は知っていたが、見るのは初めてだ。

人間とは違う身体の構造、そして何よりほぼすべての器官が人間を凌駕（りょうが）している。メディ達が入室してからすでに何杯もアルコールを摂取しているが、酔う様子がない。グビグビとうまそうに飲み、フーッと酒臭い息を吐く。

「村長ねぇ……あの野郎、どこだかに隠居するとか言ってたな」

「あ、あの、ブランムドってまさか先代国王……じゃないですよね？」

「前の国王だよ。ていうか知らなかったのか？」

「ぎえぇぇぇぇーーーーーーっ！」

エルメダの悲鳴が廊下まで響き渡る。メディは耳に指を突っ込んだ。

「ハッハッハッ！　うるせぇな！」

「す、すみません……。でもあんなところに前王がいるなんて……」

「息子に王位を譲ってから、はっちゃけたんだな。で、その隠居ジジイが紹介状をよこす奴(やつ)らか」

途端にメディ達はギロリと睨(にら)まれた。おおらかに笑っていたと思えば、それこそ獣の目つきを見せる。

「で、何の用だ？」

「ワンダール公爵にレスの苗木をいただきたいのです」

「嫌だね」

「お願いします」

ワンダールは何杯目かわからないワインを飲む。変わり者と言った村長ことブランムドの言葉に嘘(うそ)はないとエルメダは悟った。

先程まで笑っていたと思えば、横柄(おうへい)になる。メディの交渉にも問題はあるが、言い方があるだろうとエルメダはやや不満だ。メディのかわりにエルメダが頭を下げる。

「ワンダール公爵。村に薬湯を作ることになりまして、その際にレスの葉が必要なのです。メディの調合した薬はあの村長の病すらも治しました。この子の腕をもってすれば、素晴らしい薬湯になると思うのです」

「そうか。レスの葉ならこの町にいくらでも売ってるから、好きなだけ買っていきな」

エルメダは言葉に詰まる。ここで返答を間違えば終わりだ。町で売っているものは高価で手が出ませんなどと言えば、ワンダールは自分なら安く譲ると思ったのかと激怒するだろう。

どうする。どうすれば、このワンダールに認めさせることができるか。そこで一つ、思い出す。そしてエルメダはメディをちらりと見た。

「治癒師優遇制度がひっくり返ります」

「あん？」

「国が軽んじていた薬師が治癒師以上の成果を出せば、治癒師優遇制度の根底が覆りま す。薬師が見直されるかもしれません。だからこそ、薬師には素材が必要なんです」

「薬師が国崩したぁ面白いじゃねえか」

「崩すのではありません。変えるのです」

エルメダにいつもの陽気な雰囲気はない。魔力相応、魔道士相応の風格でワンダールと向き合っている。その場凌ぎから出たものではないと、真剣さでワンダールを圧していた。

「更にメディなら、国中に蔓延している難病から多くの人を救えます」

魔道士エルメダの圧を乗せた発言、カノエのブラフがまったく通じなかったメディがいなければ、ワンダールは鼻で笑っただろう。

ワンダールは長年、ここまで淀みなく言い切る人物と出会ったことがない。かつて王であったブランムドのそれとよく似ている。ワンダールはソファーから立ち上がった。元国王であるブランムドの紹介とはいえ、コネだけに頼ろうとする者を彼は簡単に認めるつもりはない。

「よし、それならここでポーションを調合してみろ」

ワンダールが立ったままメディを見下ろす。怒気すらはらんでいるかのようなその声だが、メディも負けてない。

その瞳はワンダールの毛先に至るまで、すべて捉えている。エルメダは時々思う。明るく愛嬌がいいメディだが、一瞬だけ見せるその瞳はすべて見透かしているのではないか、と。

事実、メディにはワンダールのたった一つの異変が見抜けている。体質、体調、病。相手が獣人であっても、その観察眼は健在だった。

「ワンダール公爵がお飲みになるものですか？」

「そうだ。だがな、オレはあいにく健康だ。体力だってまったく衰えない。そんなオレに飲ませるポーションなんかないだろう？」

「ありますねぇ」

ワンダールが獣耳をぴくりと動かす。ワンダールは一瞬で意図を見透かされた気がした。健康体である自分がポーションを飲んでも何も実感できない。何も癒されない。そんな自分に効果を実感させせろと言うつもりだった。ただの虚勢と見るには、メディの臆さない態度が不可解だ。ワンダールは牙を見せて笑う。

「それならぜひ、いただこうか」

「はい！　お薬、出します！　それでは失礼しますね！」

メディがワンダールの身体に触れる。獣人とは初めて触れるが、改めて体内の異変を確信した。ふわりとした毛の感触の奥の奥、異変はそこにある。

「うまいポーションを頼むぜ」

うまいポーションというフレーズもワンダールの意地悪だ。酒飲みである自分であれば、味さえよければ満足すると思い込ませようとした。

しかも彼は素材の提供を行わない。手持ちの素材だけでの勝負を強要しているのだ。

ここまで攻めればさすがに怖気づくだろうと高をくくっていたワンダールだが、メディの表情はより花開く。

「グリーンハーブはこれだけ必要ですねぇ」

「お、おい！　さすがにそりゃ使いすぎじゃないのか⁉」

ワンダールは思わず声を上げた。メディが取り出したグリーンハーブの量が多すぎるのだ。

毒消しとして名高いグリーンハーブを大量使用する意図がまるで見えなかった。メディはワンダールに返答せず、調合釜を取り出す。

その調合釜にワンダールは驚かされる。調理道具や厨房を見れば料理人としての実力がわかるように、その調合釜は汚れ一つなく美しい。

使用する道具の手入れを怠らず、仕事に対する姿勢がよく表れている。それだけでメディの薬師としての力量、人となりが窺えた。

「グリーンハーブとレッドハーブを調合！　グリーンハーブとレスの葉を調合！」

「そりゃこの町で売られているレスの葉じゃねえな」

「そうです。数少ない手持ちですが、ワンダール公爵のご病気を治すなら必須なんです」

「オレの病気だと⁉」

生まれてから風邪一つ引かず、傷などよほどでなければ一日で癒える。自分ほど病という概念から遠い者もいないとワンダールは自負するほどだ。だからこそメディに無理難題を吹っかけたのだが、ポーションは完成に近づく。

その手際にワンダールは目が釘付けだ。調合は少しの力加減と手元の狂いで台無しになる。人間の視力を上回るワンダールの目をもってしても、メディの所作に無駄がない。

並みの薬師であれば、現時点で半分も製作工程を終えていないだろう。間もなく完成するポーションをワンダールは気がつけば心待ちにしていた。

「ぬうう……。これほどの手腕の薬師などかつていたか」

「メディのポーションを飲んでいただければ、きっとお認めになってくださると思います」

エルメダが期待値を上げるが、メディを信頼しているからこそだ。

やがてワンダールの指示で使用人に瓶を用意させた。メディが瓶に注いだポーションが光に反射して宝石のような輝きを見せる。

「どうぞ！」

「説明はないのか？」

「飲んでいただいたほうが納得していただけると思います」

驕(おご)りか、それとも。ワンダールは瓶に口をつける。喉を通過するその液体は刺激的だった。

「こ、これは⁉」

「ワンダール公爵⁉　何か！」

った。

「カノエ、心配するな！」

喉に感じるそれは確実に刺激だが心地いい。すべて飲み尽くすのが惜しいほどの美味だった。

「これはまるで発泡酒のようだ！」

「発泡酒とは違います。その刺激はワンダール公爵にとって必要なものです。それとおトイレに行ったほうがいいですよ」

「ぬぅ⁉　うぐぐぐっ！」

ワンダールが部屋を飛び出す。何事かと追う姿勢を見せたカノエだが、すぐにメディに敵意の眼差しを向ける。エルメダも負けじと睨み返して、メディを庇った。

「ねぇ、あの方に何を飲ませたのかしら？」

「ワンダール公爵の体内にはよくないものがいます。それを駆除するポーションです」

「よくないもの？」

「はい。口で説明するより、ワンダール公爵に実感していただいたほうが早いです」

戻ってきたワンダール公爵がふらついていた。かつて見たことがない主の様子に、カノエは息を呑む。

「ワンダール公爵！」

「カ、カノエ……」

「一体どうされたのですか！」

「なるほどな……」

ワンダールはソファーに腰を落ちつけてからククと笑う。門番の時は冷静でどこか人を嘲るような態度だったカノエが完全に狼狽えていた。何が起こったのか理解できずに彼女はメディを凝視する。

付き添いのエルメダは当然といった態度だ。その瞬間、カノエは己の観察眼が正しくなかったと悟る。メディは、少なくとも自分ごときで計れる少女ではない。カノエもまたフフフと笑った。

「虫が出た」

ワンダールが抑揚のない声で告げる。エルメダやカノエが反応できるわけがない。待機していた使用人など口元に手を当てて、異常事態であるかのように怯えている。

「出ましたか！　よかったです！」

「あんなものがオレの体内にいたというのか!?　いつの間に！」

「ワンダール公爵はお肉が好きなんですね。たぶんそこからシュラ虫に寄生されたんだと思います」

「シュラ虫だと？」

今度はエルメダが青ざめる。冒険者であれば虫程度で怯まないが、体内の寄生虫となれば別だ。野営して狩った獲物を食べることもある。要するに他人事ではない。すぐさま、メディにすがった。

「メ、メディ！　寄生虫ってどういうこと！」

「ワンダール公爵の体内にいたシュラ虫は生き物の体内に寄生していることが稀にあります。お料理の時に気をつけないといけないのですが、小さくて見逃しやすいんですよね」

「か、かか、加熱とかで殺せないの⁉」

「シュラ虫は生命力が強くて、少しの熱では死にません。そして寄生して少しずつ宿主の栄養を奪っていくんです」

エルメダがお腹を押さえて心配すると、大丈夫ですよとメディのお墨付きをもらった。

シュラ虫とは遠方の国で崇められている悪神に準えた名前であり、または静かなる暗殺者とも呼ばれている。

宿主の栄養をわずかずつ奪っていき、決して一気に殺さない。ただし健康体であっても寿命が縮む上に問題は弱った時だ。シュラ虫にとって弱った宿主に利用価値はなく、すぐに命を奪う。ワンダールのような強靱な肉体を持つ者など絶好の宿主だ。

長く健康で生きてくれたほうがシュラ虫にとっても都合がよかった。

「ワンダール公爵。最近わずかに疲れやすくなったり、動作が面倒になってませんでしたか？　先程、ソファーから立ち上がる時ものっそりとした動きでしたから……」

「……今だからそう自覚できる！　身体全体がスッキリして今すぐ走り出したいほどだ！」

「ワンダール公爵は他の方よりも強い身体をお持ちなので、寄生されてもより自覚症状が表れません。ですが確実に寿命を奪っているので、取り除けてよかったです」

「お前はポーションで虫を殺したというのか？」

「はい。グリーンハーブはうってつけなんです。飲んだ時の刺激は駆除する為に必要な成分で、ワンダール公爵には特別に多く抽出しました。お身体がお強いので、普通の方より楽でしたねぇ」

ワンダールの傍らでカノエは言葉を失っていた。シュラ虫は決して有名な寄生虫ではない。多くの治療院でも、原因が特定できずに患者の命が奪われているのだ。

ポーションだけで済む問題ではなく、その知識の源泉はどこなのだとカノエは訝しんだ。何よりずっと公爵の近くにいた自分が気づけなかったという自責の念に駆られている。

「ワンダール公爵、この私がいながら申し訳ありませんでした……」

「お前の専門じゃねえだろ。そもそもあのガキがおかしいんだよ。普通、気づくかぁ？」

自身の肉体に自信を持っていたワンダールだが、それが驕りだと気づかされた。

エルメダのメディに対する評価に嘘偽りなどない。冗談など一切抜きでメディならばもしかしたら、と思った。

――治癒師優遇制度がひっくり返ります。

「ククッ！　そりゃ薬師の可能性が世間に知れたら大変だわなぁ」

有力貴族が訪ねてきた時ですら笑わず、時には吠えて追い返す。決して愛想など振りまかず、媚びない。それ故に一部の王家や貴族からは煙たがられているが、尚も公爵として居座れるほどワンダールの力は大きい。

カノエや使用人はこれほど楽しそうにしている当主など見たことがなかった。

ワンダールは愉快で仕方ない。これほどの逸材を導いてくれて感謝する、と普段は気にもかけない神へ感謝した。

「メディとかいったな。お前、オレの専属薬師になれ」

「えっ……！」

「ちょ、ちょっと！　それは」

「オレはメディと話してるんだ」

エルメダの制止をワンダールが睨（にら）んで阻む。さすがのメディもこの誘いは意外で、答えを返せない。

「オレが知る限り、お前以上の薬師はいない。治癒師の中にお前以上の癒（いや）し手がいるかも怪しいな。どうだ？　専属になりゃレスの葉だろうが魔力水だろうが使い放題だ。最高の研究室も用意してや……おい？」

メディが震えて涙を堪（こら）えていた。

「あ、ありがとうございます。私をそんな風に評価していただけて……」

「お、おい？　なんで泣くんだよ？」

「いえ、すみません……」

メディが堪えきれず涙をこぼす。薬師だからと見下されて、治療院を追い出されたメディにとっては一大事だ。誰かに認められるということがどれほど嬉（うれ）しいか。

ましてや公爵ほどの者に自身がスカウトされた事実がたまらなく嬉しかった。自分を他人（ひと）に認めさせた。それも薬師の自分がそうしたのだと、メディは感動していた。

ワンダールの専属薬師になれば、更に多くの者がメディを認めるだろう。ぜひ、その魅力的な誘いに応じたい。しかしメディは堪えた。

「すみません。私、その……。やるべきことがあるんです。辺境の村には私を待ってる方々がたくさんいます。あの村にはまともな医療施設もなくて……。だから」

「それじゃ代わりの奴(やつ)を派遣してやるってんならどうだ？」

「でも……」

「あのですね！　ワンダール公爵！　あの村はメディの居場所なんです！　あまり困らせないでください！」

言ってすぐ、エルメダはつい熱くなったことを後悔した。相手は公爵だ。不敬も甚だしい。

「……半分冗談だよ。その気になったらいつでも来い。今はせめてレスの苗木なんていくらでもくれてやる」

「レ、レスの苗木を⁉」

「それと待たせている他の奴らとも会ってやる。今日はすこぶる機嫌がいい」

「あ、あああ、あり、ありがとうございますぅ！」

メディは何度も頭を下げた。今しがたヒヤリとしたエルメダも安心してソファーでリラックスする。彼女から見て、ワンダールの誘いは半分どころか全部本気だった。あそこで止めなければ、下手をすれば押し切られていた可能性がある。

微力ながらメディの役に立ててよかったと今は自己満足した。

その後、屋敷の庭にて、来客達が互いを祝福していた。後に控えていた来客達は全員、交渉に成功したのだ。ある者はクレセイン内での店舗経営を認められたどころか融資を確約される。

ある冒険者は公爵家から直々に仕事を貰えるようになり、取り引き先としての契約までしてもらえた商人などは小躍りしていた。

カノエはこの光景を現実として認められずにいる。会うことすら叶わない者も多いというのに、ワンダールは全員に機嫌よく対応したのだ。

しかしただ一人、バッドムーンを狙っていた一級冒険者は肩を落としていた。

バッドムーンはすでにワンダール直属の獣人部隊に追いつめられて殺されていたのだ。少数精鋭ながら王国騎士団と互角の戦力と名高いその部隊はエルメダも聞いたことがある。さすがのバッドムーンも彼らの目鼻を欺くことはできずに敗れ去った。出回っている手配書の回収がされずに、情報の行き違いが発生していたのだ。

やがてメディが中庭に登場して、皆が拍手で称えた。

「君のおかげで何もかもうまくいったよ！」

「この町で商売ができなかったら、家族を呼べないところだった！」

「オレ達は領地内の魔物駆除の仕事を任せてもらえたぞ！」

目をパチパチとさせるメディには彼らが感謝する理由がわかっていなかった。

黙っているメディの代わりにエルメダが対応する。ワンダールの体内にいたシュラ虫駆除の件を話すと、より沸いた。

「そんな虫がワンダール公爵の体内に……」

「そ、そのポーションを売ってくれ！　医療界に革命が起こるぞ！」

「こっちはレシピでもいい！　金はいくらでも出す！」

「はいはい、そういうのは待ってね！」

押し寄せる者達をエルメダがせき止める。シュラ虫の認知度こそ低いが、知る者からすればまさに革命だ。そもそも寄生の有無の判定は極めて困難であり、それでいてこの寄生虫による被害は馬鹿にならない。

死因不明とされてきた患者の中には、かなりの割合でこの虫の犠牲者がいるのではないかと考える者もいる。

もしシュラ虫を駆除できるポーションが世に出回れば、治癒師優遇制度そのものがひっくり返る可能性があった。この制度では治癒師としての活動が認められたら、国から資金援助を受けられる。更に何割かの経費を国が負担してくれる為、今や治癒師全盛期だ。

そんな事情とは別に、当のメディは気が進まない。

「あの、あれはワンダール公爵用に調合したポーションなのでお渡しできません。薬は皆さんの身体によって変わりますから……」

「そ、それでも君はワンダール公爵がシュラ虫の宿主になっていると見抜いたのだろう？　そんな人間、治癒師協会にも何人いるか……」

「いえ、お父さんに比べたら私なんか……」

「父親も薬師なのか？　差し支えなければ、名前を聞かせてもらえないか？」

「ランドールです」

誰もがその名前にピンとこなかった。これに関して、エルメダは腑に落ちない。

メディの師匠に当たる薬師となれば無名のはずがないのだ。そして、そのような薬師がいるのであれば、なぜ、治癒師優遇制度がひっくり返らないのか？

田舎に引きこもっている場合ではない。エルメダは幾度もそう思ったが、相手はメディだ。助けられておきながら、実際に追及するつもりはない。

「聞いたことないな」

「実はあの賢者アクラです、なんて言われたらひっくり返るところだったが……」

「さすがに冗談でも信じないぞ、オレは……。それにアクラは魔道士だろう？」

賢者アクラ、遠い国で国中から難病を消し去ったと言われている治癒師だ。不可能はないとされるほどの知識を称えられて賢者と呼ばれている。

「だいぶ前にオレが訪れた治療院なんかひどかったぞ。ろくに怪我も治らないわ、治癒師のババアの態度も最悪だわ……」

一同が口々に治癒師への不平不満を漏らす中、ワンダールが出てきた。カノエも同行しており、なぜかその視線はメディに注がれている。

「メディ。レスの苗木は後日、輸送する。カイナ村だったな」

「はい。お願いします」

「それとな。代わりに……というわけじゃないんだが、このカノエがすっかりお前に興味を持ってな。同行させてやってくれねえか？」

「カノエさんがですか？　いいですけど、どうしてです？」

「フフ……それはね」

メディにはカノエの瞳が怪しく光った気がした。途端、しなだれかかるようにカノエがメディに抱きつく。

「あなたの薬をとことん追究したいからよ」

「つ、追究ですか？」

「今まで一度として、他人にしてやられたことはなかった。ちょっと悔しかったの」

「そんなことで……?」

カノエは己の過去を振り返った。ワンダールを一瞥してから、メディに対する言葉を選ぶ。

「毒薬しか作ったことがない私と違って、あなたは人を助ける薬を作ってる。私には真似できないことをやってるのよ」

「薬は人を助ける為のものです。毒なんか……」

「あら？　毒なんか何？」

エルメダはトロルを一撃で葬ったメディの謎の毒については触れなかった。

彼女も本意ではないと知っているからだ。それよりも気になることがある。

「カノエさん、そろそろメディから離れてね？」

「はいはい。ところであなたは付き添いと言ってたけど、そもそもどういう間柄なの？」

「どういうって言われても……。メディの薬屋のお得意様かな」

「そう。じゃあこれからは私もお得意様になるわ」

「はぁ？」

エルメダとメディのペースを無視して、カノエはすでについていく気だった。エルメダはカノエのすべてを信用したわけではない。その所作や気配からして、尋常ならざる者であると確信している。

それこそ無名のはずがない。どこか飄々（ひょうひょう）とした態度が逆に白々しく思えた。

そんな三人の会話にしっかりと聞き耳を立てている者達がいる。

「カイナ村って言ったよな？」

「聞いたことないな」

「確か南のほうにそんな村があったような……」

彼らは薬屋の所在を知りたがっている。メディのような薬師を放っておくはずがないのだ。何としてでもメディを自分の元に引き入れたがっているのはワンダールだけではない。

すでに各々（おのおの）がカイナ村という名前を記憶していた。

そこが天才薬師の活動拠点であるならば、いずれ訪れない手はなかった。

15話　イラーザ、追い込まれる

町長達による調査は徹底していた。聞き取り調査だけではなく、治療院内にあるすべての物品まで調べ上げている。

結果、イラーザを更に窮地に追い込む出来事が起こった。自分の息がかかっていた従業員の何人かが、イラーザに不利な証言をしたのだ。

町長はイラーザの横暴を見越して、彼ら彼女らに別の就職先を斡旋していた。こうして、調査の結果、治療院は一時的に閉鎖となる。自宅にてイラーザは頭を抱えていた。

「クソッ！　あのガキども！　恩を仇で返しやがって！　この私によくもっ！」

「イラーザさん。あの連中は町長の脅しに屈したのです。町長権限で町から追い出すとまで言われたようですよ」

「よくもそこまで……。おかげで患者は町長預かり……」

イラーザは何本目かわからないワインのボトルを開ける。すかさずクルエが使用人のごとくグラスに注いだ。

クルエもまた歯ぎしりをする。今を風靡する治癒師優遇制度に乗ってイラーザと共に出世する夢が断たれつつあるのだ。

「だ、大丈夫ですよ。イラーザさん、証拠さえなければ調査も進展しません」

「そ、そうね。連中も先走って失敗したようね」

「つまりこれはチャンスですよ。もし私達が潔白となれば、あの憎き町長を引きずりおろせるかもしれません」

「それよ、クルエ！　さすがね！」

逆転の芽を見つけたイラーザがクルエを称える。さっそく次の手を考えたところで証拠に目をつけた。

「後は決定的証拠さえ摑ませなければ……」

「証拠となるのは毒ですね。これはすでに処分させました」

「……クルエ。一つ考えがあるの」

イラーザが赤ら顔でニンマリと笑った。手持ちの札だけでこの状況を好転させる手段を思いついたのだ。

「寝返った連中の名前はわかる？」

「はい。個別に聞き取り調査をしていたようですが、事前に把握済みです。前々から反抗的な態度が見え隠れしていましたからね」

「そう。それなら、その連中を消しましょう」

「け、消すとは？」

「決まってるでしょう。殺すのよ」

ワイングラスをゆるりと揺らしたイラーザは悪女そのものだった。

さすがのクルエもリスクを考えれば、すぐには賛同できない。しかし今更、後戻りするという選択はなかった。ここで成功すれば、クルエはイラーザと共に身の潔白が証明されるからだ。

とはいえ、実行に移すにはいくつかの壁がある。その上でクルエはもっともリスクが低い選択をイラーザに提案することにした。

「しかし今は全員、自宅待機中です。一人ずつ消すとなると難しいですね。その上でイラーザさん、まずは最重要人物のみ消すのはどうでしょう？」

「最重要人物？」

「えぇ、まず一人はこの町を去ったロウメルです。行方不明ですが、放置したのはまずかったと反省しています。なぜなら彼はあのメディに肩入れしておりました。毒物事件についても懐疑的に見ており、そうなればどのような行動に移るか……」

　イラーザは大きく舌打ちした。

「あのジジイ、今はどこにいるのかしら？」

「雇った者達に行方を探らせます。どこかで野たれ死んでいればいいのですがね。そしてもう一人……」

　そのもう一人こそが、かつてイラーザの目の上のたん瘤だった人物だ。

　愛想を振りまく八方美人の小賢しい小娘、若いというだけでちやほやされていた勘違いしたガキ。罵倒など無限に湧く。

「メディです」

「あのガキこそ、どこにいるのよ！」

「落ちついてください。実は私も気になっていましてね。魔道列車の駅での目撃情報があります。でも、行方までは……」

「さっさと探しなさい！　行先を特定しなさい！」

　イラーザは髪を振り乱してワイングラスを壁に投げつけた。

　彼女自身、なぜかわからないが言い知れぬ不安に襲われている。メディの笑顔が脳裏にちらつき、今度はテーブルを蹴り上げた。

16話　思わぬ再会

クレセインからの帰り、カイナ村の最寄りの町にて三人が肩を並べて歩いていた。

ここから一日ほど歩けばカイナ村であるが、夕暮れ時ということもあって宿へ一泊することにしている。

「ねぇ、メディちゃん。私にポーションを作るとしたら、どんなものになる？」

「カノエさんは毒の抗体がすごいですね。それなら少し刺激的なポーションでも大丈夫です」

「そんなことまでわかるんだっ！」

クレセインからカイナ村への道中、エルメダは悩んでいた。行きと帰りでは決定的に違うことがある。

今はメディと物理的に距離を縮めて迫る女性がいるのだ。抱き寄せてメディの薬について、矢継ぎ早に質問している。なぜ、こうなったのか。

「エルメダちゃん。メディちゃんがグリーンハーブだけで魔物を殺したって本当？」

「はぁー……。口を滑らすんじゃなかった」

カノエの毒物自慢になぜかエルメダが熱くなり、メディにもその類の薬は作れると喋(しゃべ)ってしまったのだ。

それからというもの、カノエのメディへの好奇心は止(とど)まるところを知らない。当のメディは毒については消極的になるため、これもカノエに迫られる要因となっていた。

「もう日も落ちるし、早く宿をとろう」

「そうね。あら……あれ、何かしら？」

カノエが指した先には四人の男達がいた。彼らの一人が胸倉を掴んでいる相手は初老の男性だ。髪はボサボサで衣服も汚れがひどく、所々が擦り切れている。男性は弱々しい声で抵抗していた。

「か、勘弁してくれ……金なんてない……」

「そんなわけないだろ。おじさん、オレ達と目が合った時に咄嗟に何か隠したよね？」

「これは違う……」

「違うかどうかはオレ達が判定するからさ。見せてみな？」

どちらに非があるかは明確ではないが、真っ先に動いたのはエルメダだ。

「コラッ！　そこの暴漢ども！　酒代くらい自分で稼ぎなさい！」

「あ？　なんだ、ガキか……」

「残念！　あんた達がオギャオギャ言ってた時には生まれてましたー！」

「はぁ？」

メディは彼らに近づくと、思わず息を呑んだ。絡まれている男性は身なりこそみすぼらしいが、確実に知っている人間だった。エルメダと男達の間を通り抜けて駆け寄る。

「ロ、ロウメル院長!?」

「き、き、君は……まさかメディ君か？」

「お久しぶりです！　お薬、出します！」

メディがポーションを取り出してロウメルに差し出した。ロウメルはなかなか受け取らず、思わぬ再会に戸惑っている。メディは自分を恨んでいるはずだ。普通、助けようなどと思わない。殴られてもおかしくない。

しかしこの状況で何よりも優先して薬を出すメディに、ロウメルは改めて自身の愚かさを悔やんだ。

「君は……私を恨んでいるだろう……」

「いいから早く！」

メディに促されてロウメルはポーションを飲む。身体の隅々まで何かが浸透して、疲労や怪我がフェードアウトするように消えていく。

ロウメルは軽くなったとすら思える自身の身体に驚いて腰が抜けた。今、自分は何を飲まされたのか。それはかつてメディを採用した時に味わったものだ。実力を計るためにメディに作らせたポーションの味だが、一年前とは比較にならない。

当時よりも更に飲みやすくなっており、効果が高まっていた。

「これが……君のポーション……」

「お元気になられて何よりです！」

「おーい。なんか感動の再会のところ悪いんだけどさぁ」

今は男達に囲まれている。無視されて明らかに機嫌が悪い男の一人がメディに手を伸ばして胸倉を掴んだ。が、同時にメディもバッグから何かを取り出す。

「今はそういう……ぎゃぁッ！」

「ロウメル院長！　離れましょう！」

メディはスプレーを男の顔面に噴射した。間もなく男が顔を両手で押さえて倒れ込む。

痙攣した男は身動き一つ取れずに呻いていた。

「あが、あ、か、身体、うごか、ない……」

「こ、このガキ！　何してくれてんだ！」

仲間の男達がメディに襲いかかろうとした時、足元の地面が砕かれた。

「それはこっちのセリフだよ。メディに触れたら次は当てるよ」

「こいつ魔道士……ていうかエルフじゃねえか！」

「今更？」

「エルフにゃケンカは売るなってじいちゃんに教えられた！　お前ら、ずらかるぞ！」

動けない仲間を放置して、残りの男達が逃げ始める。しかし一人の身体がぐらりと揺れて倒れた。

男達の前でカノエが微笑む。彼らの顔から血の気が引いた。まるで亡霊のように姿を現したのだから、男達に逃走の意欲はない。

「あなたとあなた、一人ずつ仲間を運んでもらえる？　警備隊の詰所に案内してほしいの」

「す、すみません……。あ、あ、謝るから、どうか、見逃して……あ、あぎゃあぁぁーーーーっ！」

男の指があらぬ方向へ曲がっていた。

「言葉って相手に伝える為のコミュニケーション手段なの。言葉が通じないなら魔物と同じだし……」

「すみません大人しくします助けてぇぇ！」

「次は指一本じゃ済まないわよ」

指を折られた男が涙を流して命乞いをする。カノエが男の指を折る際の動作もエルメダにはまったく視認できなかった。

男達の近くに回り込んだ時も、まるで消えたかのようだ。何も見せずに敵を制圧する。エルメダはどこか引っかかった。

「さ、面倒だけどこの人達を警備隊に押し付けましょ」

「そうだね……」

カノエが笑顔で歩きだした時、彼女の三日月の耳飾りが揺れた。夕暮れの背景と合わさって、あまりに不吉な月のシンボルとしてエルメダの目に映る。

この時、エルメダはあることを邪推した。しかし荒唐無稽な妄想であるため、すぐに頭から払拭（ふっしょく）する。

「エルメダちゃん。どうしたの？」

「いや、カノエさんもなかなかやるね」

「でしょ？」

踵（きびす）を返したカノエのポニーテールが揺れて、それもまた三日月のような形を作った。エルメダはあえて詮索しない。

助け出されたロウメルは宿の一室にて療養している。体力はポーションで回復したものの、彼は所持金をあまり持っていない。長い間、放浪していたのだと三人は思った。ようやくリラックスハーブティーに口をつけたロウメルが改めて頭を下げた。

「こんなところで再会できたのは何かの縁だろうか……。メディ君、あれからどうしていた？」

「ここから東にあるカイナ村で元気にやってます。薬屋を開いたんですよ」

「薬屋……。そうか、君なら一人でそのくらいやっていけるものな」

またロウメルが口を閉ざす。リラックスハーブティーのおかげで少しは気が軽くなったものの、やはりロウメルには後ろめたさがあった。

田舎から出てきたメディを認めて雇ったのは自分だ。そのメディを信じてやらずに解雇して辺境に追いやったのも自分だ。

今は自分も院長の座を奪われて、何から話せばいいのかわからない。

「ロウメル院長、一体何が……」

「もう院長ではない。あの毒物事件の責任を取らされて治療院を追い出された」

エルメダはメディの表情の変化を見逃さなかった。怒りを通り越した憎悪とも取れるその顔は滅多に見ることができない。

メディは自分の解雇についても納得がいかなかったが、誰かを巻き込んだとなればさすがに怒りがこみ上げてくる。

「メ、メディ。何があったのかな？　いや、デリケートなお話なら無理に話してくれなくてもいいけど……」

「ロウメル……さん。お話ししていいですか？」

「私に止める権利などないよ。メディ、できれば君の口から話してほしい。しかし、お友達にとっては気分が悪い話となるかもしれん」

エルメダもまた表情が強張り、カノエは腕を組む。メディが辺境の村に来るまでの過去など想像したこともなかった。

そこになんらかの邪悪なる意思があるとすれば、エルメダとて怒りを抑えられる自信がない。

「皆さん。私はとある治療院を解雇されました」

メディは話した。治療院での一年間、そして毒物事件の顛末。メディが唇を震わせるほどの話だ。エルメダは何度、声を上げたかったかわからない。カノエはただ冷静に耳を傾けている。

冤罪を着せるきっかけになったロウメルがそこいると知り、エルメダは責め立てたい衝動に駆られた。

「濡れ衣に決まってるでしょ……」

エルメダがようやく言葉を口にする。エルメダは体質が改善されて、ようやくまともな魔道士となってからは毎日が充実していた。

村では狩人となって獲物をとってきて皆に切り分けた肉を提供する。アイリーンとの模擬戦、語らい。メディの畑仕事を手伝う。そんな日々を提供してくれたメディが、ワンダールと真摯に向き合ってシュラ虫を駆除したメディが。

憎んでもおかしくないロウメルに駆け寄ってポーションを提供したメディが。

「そんなことするはずないッ！」

「エ、エルメダさん……」

「今すぐにその治療院に行って全員にわからせてやる！　冗談じゃないよ！」

「私はもういいんです。今は薬屋が大切ですし、これから薬湯もできます」

「でも、悔しくないの⁉」

メディは無言で頭を振った。

「仕返しはよくないです。それに……失礼ながら、イラーザさんが院長では長く持たないと思います」

「そ、そうなの？」

「あ、でも患者さんは心配ですね……」

そこで考え込んでしまうメディにエルメダは苦笑した。やはり心配はそこなのか、と。

「メディ君。君に受け取ってほしいものがある」

「なんでしょう？」

「君の薬を処方された患者のカルテの写しだ」

「え！　なんでそんなものを！」

「あのイラーザや治癒師協会のレリックよりも先回りして持ってきた。おそらく写しもろとも証拠隠滅されていただろうからな」

そのカルテはすべてメディの薬によって完治した記録が残されている。ロウメルが暴漢に襲われた時、必死に庇(かば)っていたものだ。

「もし君にその意志があるならば、大きな助けとなるだろう」

「でも……」

「いや、強制はしないよ。だが、私にできることなどこのくらいだからね」

「……ロウメルさんはこれからどうするのですか？」

「どこかで静かに暮らそうと思う」

ロウメルが椅子から立ち上がる。俯き加減で片手をあげてドアに向かった。

「待ってください。ロウメルさん、カイナ村に来ていただけませんか？」

「……何だって？」

「あそこなら皆さん、迎え入れてくれると思います。それにロウメルさんの治癒魔法はイラーザさんなんかと比べものになりません。村の人達の役に立ちます」

「君で十分だろう」

「そんなことありません。治療は一刻を争います。私一人では間に合わない時もあると思います。でもロウメルさん、あなたがいれば助かる人が増えます」

ロウメルはメディの優しさに何かが胸の奥から込み上げてきた。決壊しつつある涙腺を抑えるので精一杯だ。エルメダがロウメルの元へ向かって頭を下げた。

「私はメディに助けられました。だから私はメディのお願いは聞いてあげたいんです。どうかあなたも彼女のお願いを聞いてあげてください」

「……こんな私を受け入れるというのか」

「はぁ。あのね、ロウメルさん、だっけ？」

カノエがついに口を開いた。

「人生なんていくらでもやり直せるのよ。人は、またこれから救えばいい。あなたもまた誰かに認められたのよ。それだけでも幸せじゃない？」

「幸せ、か」

「メディのことを思うならカイナ村に行ったほうがいいわ。断言する」

カノエはエルメダとは異なる理由でそう断言している。カノエはこれまでの話を聞いて、これから起こり得る事態を予想したのだ。

その上でロウメルを放っておくのは悪手だと悟った。

「……いいのか？」

「大歓迎です！」

「こ、こんな、私が……！」

ロウメルはついに泣き崩れた。このまま放浪して彼は死ぬつもりだったのだ。罪の意識で潰れそうだったところを、メディを初めとした少女達に救われた。生きてもいい。罪を自覚した上で生きていかなければいけない。メディがそう思わせた。

こうしてロウメルはカイナ村の住人として受け入れられることとなった。メディとエルメダがロウメルを励ます中、カノエだけは窓の外を眺めていた。

17話　新たな住人

　カイナ村に戻ると、五大領の一つを統治するワンダール公爵との契約にこぎつけた功績をメディが盛大に称えられることになった。後日、運送されてくるレスの苗木に加えて大量のレスの葉も持ち帰ってきた。これにより質が高いポーション、入浴剤の量産が可能になる。

　その話は村中に広まり、祭りでも始まりかねない賑わいだ。

「メディちゃん！　まさかのまさか！　やってくれたな！」

「ワンダール公爵っておっかねぇ人なんだろ？」

「どうやって認めてもらったんだ!?」

　薬屋の前でメディは揉みくちゃにされる勢いだった。エルメダが間に入って牽制して、カノエがクスクスと笑う。

　メディが一言、話すたびに大盛り上がりだった。そもそもメディが来る前は何の話題もなく、時間はすべて仕事に費やして一日が終わるような村だ。メディの薬は怪我や病気を治すだけではなかった。やがて話題となり、村が活気づく要因となる。

狩人が怪我から復帰して山から脅威を取り去って、ついには薬湯までできる。村人の間では気がつけばメディの話題で持ち切りだった。

「こらこら、皆の者。少し離れんか」

「村長！」

「メディ、そちらの御仁はどなたかな？」

「こちらは……」

ロウメルが自己紹介を済ませると村長が頷く。治療院での一件の話を聞けば、村人達も怒りに駆られた。

特にメディの濡れ衣に対して怒りを燃やす。ここにいる誰もがメディの世話になっている以上、その熱は凄まじい。

「なんて野郎どもだ！　ぶっ殺してやりてぇ！」

「メディに敵わないから嫉妬して陥れたに違いない。そんなことをしたって何にもならねぇよ」

「でもその治療院にだってメディに助けられた連中は大勢いる。どっちが正しいか、必ず証明されるはずだ」

過激に怒りをぶちまける者の他に、冷静に分析する者もいる。それはメディへの慰めもあった。その心の傷を察したからこそ、言葉を選んでいる。

彼らは誰かを助けることに必死になるメディを知っているのだ。中年の男性がロウメルに笑いかけた。

「ロウメルさんとかいったな。災難だったけど、あまり気に病むな」

「……ありがとう」

「この村でよけりゃゆっくりしていきな。言っておくが、メディちゃんがいるからって楽できると思うなよ？」

「誠心誠意、腕を振るわせていただきたい」

やがて温かく迎え入れてくれる村人達にロウメルが涙ぐむ。村長の采配でロウメルはメディの薬屋とは別に小さな治療院を建てて、そこで働いてもらうことにした。

ロウメル一人での運営となれば、大きな規模とはならない。完成までは村長の家に居候することで話は落ちついた。薬屋と治療院の二つがあれば、どちらかが不在でも備えられると村長は言う。小さな病が命取りになった以前とは比べものにならない環境となる。

更に薬湯の完成も近づいている。アイリーンが資材を搬入したおかげで、工期の短縮が見込めた。

「なかなか素敵な村ね。メディちゃん、そろそろいい？」

「何がですか？」

「あなたの薬屋に行きましょ。いろいろ聞きたいことがあるの」

「毒のことならダメですよ！　それにこれから薬湯を見に行くんですから！」

「あら、薬湯？」

メディが暴漢に噴射したものがカノエは気になって仕方ない。メディは毒に懐疑的な姿勢を見せながら、いざとなれば残酷になる。

ただ癒やす為（ため）の知識ではない。そのあまりに精通した知識の源泉を想像した上で一つの仮説に行きつく。カノエはエルメダを小突いた。

「ねぇ、話があるの」

「なに？　私も薬湯が気になるから後にしてほしいよ」

「後でいいわ。メディちゃんのことよ」

「……メディの？」

カノエの真剣な眼差（まなざ）しにエルメダが察する。

「わかった。じゃあ」

「私も薬湯は気になるもの。さ、行きましょ」

「へ？　話が先じゃ」

「いいの、いいの。薬湯、薬湯」

場所も知らないカノエがエルメダの背中を押す。

メディが元気よく走っていった先に薬湯はあった。

「メディ。帰ったのか」

「アイリーンさん！　これ薬湯ですか⁉」

三角屋根の巨大ログハウスのような建物がメディ達の前に姿を現した。入口が広く取られており、数人同時に入ることができる。

それだけでも村人には感動ものだった。入口の上にはカイナ湯の看板が掲げられており、外からの受け入れ態勢も万全である。

しかしオーラス達によれば、まだ内装は完成していないらしい。

「メディの姉御ォ！　お勤めご苦労様です！」

「マジ気合い入れて建ててるんで楽しみにお待ちを！」

「こりゃ確実に村のシンボルになりますぜ！」

汗だくになったアンデ、ポント、ウタンがメディに大きく頭を下げて迎えた。初めてこれを見るカノエは当然、メディを見る目が変わる。

「あら、大人しそうに見えて意外とそっちの筋なのね」

「はい？」

「カノエさん！　メディに変なことを吹き込まないでね！」

「はいはい……あら？」

カノエとアイリーンの目が合った。互いに硬直したかのように動かない。

アイリーンが剣を抜き、カノエが受けて立つ。両名の頭の中で攻防戦が始まっていた。

初手、次の手。脳内シミュレーションに終わりはない。つまりこの瞬間、二人は直感したのだ。

「あなた強いわね」

「只者(ただもの)ではないな」

こんな辺境の村にいるべき人物ではない。二人の見解は一致した。

エルメダといい、この村に引き寄せられる人物は、知ればどの組織や国も欲しがる特級戦力ばかりだ。カノエもまたその一人なのだが、自分を棚に上げてその要因に目をやった。

「浴槽がたくさんあるなら、いろんな薬湯があってもいいかもしれませんねぇ」

「さすが姉御ォ！」

「一つ、二つくらいレスの葉を浮かべたら面白いかもしれません」

「痺(しび)れるゥ！」

カノエはエルメダだけではなく、アイリーンにも声をかけた。その議題はやはりメディだった。

18話　カイナ湯の完成

「カノエさん。メディのお話ってなに？」

深夜、アイリーンの家にて三人の女性が密談をしている。アイリーン、エルメダ、カノエ。村人が寝静まった時間帯を選んだのはカノエだ。メディから買ったリラックスハーブティーを味わいながら、もったいぶって話を進めない。

エルメダはじれったさを感じて、アイリーンはただ静かに待った。

「二人とも、メディの父親の名前は聞いた？」

「うん、確かランドールだよね。聞いたこともない薬師だよ」

「そうよね。私も知らないわ」

「は……？」

エルメダはカップに口をつけたまま、きょとんとする。カノエの目つきは鋭い。メディに見せていた優しい女性ではなかった。室内の空気が一気に張りつめる。虫一匹の気配すら消えて、鳴き声が止んだ。

「カノエ、まだるっこしい話はなしにしよう。メディの父親に見当がついているのだろう？」

「賢者アクラ」

「……とんでもない名前が出たな」

「え、なになに？」

エルメダには見当がつかないが、アイリーンの表情で悟った。彼女ほどの人物が表情を強張らせているのだ。

「とある国の宮廷魔道士だったアクラは王族の遺伝性の病を断ち切り、長寿として繁栄させた。推定死者数が万に届く伝染病の終息、抗体の開発……。その功績で賢者とすら称されたアクラ。エルメダちゃん、あなた知らないの？」

「ごめん。里から出してもらえたのがつい最近だから……。それでその賢者がメディちゃんのお父さんなの？」

「いえ、たぶん違うわ。でもこのアクラには秘密があってね。アクラは魔法なんか使えなかった」

本来であれば根も葉もない話とアイリーンは切って捨てるが、カノエの口調がそう思わせない。彼女としてはカノエの正体に迫りたいほどだ。もし真実であれば、カノエはまともな場所に身を置いていない。

話を聞きながら観察するほどカノエがどこに属する人間か、確信に近づく。

「カノエ、軽々しい発言はよせ。私も信者ではないがアクラを尊敬している。多くの者達も同じだろう」

「気を悪くさせたなら謝るわ。でも、信じなくてもいいから聞いてほしいの」

「わかった」

アイリーンは今一度、心を落ちつけた。

「アクラの魔法と言われているものには一つ、特徴があってね。アイリーン、あなたならわかるでしょ？」

「アクラはただの水を万病を治す聖水に変えられる」

「そう、多くの人達が目撃したと思うわ。でもアクラは常に傍らにいる召使いから瓶に入った水を受け取っていた。手をかざして、光で包んだのよ」

「待て！　それは初耳だ！」

「伝染病を終息させた際には川の水を聖水に変えたなんて話もあるけどデマよ。実際は大量に用意されていた水を各地に送り届けた」

「そんなバカな！」

アイリーンは興奮を落ちつけようと必死だ。カノエの口から出た言葉でなければ逆上していたところだ。

会ったばかりのカノエであるが、言葉の一つ一つに得体の知れないドス黒い空気を帯びている。そんなイメージさえ持っていた。

「仮に……その話が本当だとしてもだ。なぜそんなことをする必要がある？　その水は一体誰が……」

「アクラの一族は代々、宮廷魔道士として王族に仕えていた。でもアクラは魔法の才能に恵まれなかったらしいの。それでもアクラは宮廷魔道士として仕えることになった。一人の召使いを従えて、王族にも認められたわ」

「ただの水……予め用意された薬を魔法に見せかけたのか？　バカバカしい……そんなもので欺けるわけが」

「王族も薄々気づいていたのかもしれないわね。でも聖水の効果は認められた。彼らとしてはそれで十分だったのかもしれない」

「国の体面か？」

カノエが無言で肯定した。アイリーンもエルメダも、カノエの言わんとしてることをすでに理解している。

「……アクラが召使いを従えていたという話も聞いたことがない」

「大衆の視線はアクラに注がれていたからね。召使いなんて背景としか思われてなかったんじゃない？」

「その召使いがメディの父親だと言うのか？」

「可能性があるとしたら、召使いの彼しかいないというだけ。何せ誰も名前を知らない上に突如として姿を消した」

三人は沈黙した。荒唐無稽なカノエの話だが、これまでのメディの調合は薬師のレベルを逸脱している。アイリーンやエルメダは何度、魔法に例えたかわからない。その魔法がアクラの陰で実現していたとしたら。

とある王国の民が魔法と信じていたとしたら。もし自分が民であれば、見破れるかどうか。育ちも思考もまるで違うアイリーンとエルメダが、ここまで思考がリンクするのは珍しかった。

「……カノエ。お前は何者だ？」

「私はワンダール公爵に雇われたしがない元門番よ」

「話す気はなさそうだな」

「あら、ひどいわ。まさか裏稼業（かぎょう）とでも？」

「そう思っておこう」

アイリーンとて、カノエに翻弄されるのは本意ではない。詮索したところで答えなど出ないのだ。彼女ほどの人物すらメディに興味を示したとなれば、この先も気をつける必要がある。

ワンダール公爵のような善意の権力者だけではない。アイリーンは今一度、自身の剣で本当に守るべきものを見定めた。

そして翌朝、彼女達はカイナ湯完成の公開式典の場を訪れる。

「メディの姉御！　皆さん！　おはようございますっ！」

「本日はカイナ湯完成の公開記念式典にお越しいただきありがとうございます！」

「では村長！　ご挨拶を！」

アンデ、ポント、ウタンの三人が早朝から張り切って村人を集めて挨拶する。

盛大な拍手と共に村長がのっそりと壇上に立った。

「えー、皆の者。晴天の下、この日を迎えられたことを嬉しく思う。厳しい環境下において、カイナ村は……」

長い。かれこれ三十分は経過している。メディとしては建物内を見学したくて仕方ない。冷静なアイリーンもこれにはさすがに苛立つ。エルメダは大あくびをして、カノエは雲の数を数えていた。

果てには村の歴史まで語り始めたところで、大工のオーラスが村長に耳打ちする。しかし、率直に伝えるのではない。

「村長、一度に話しちまったらもったいないだろ？」

「む、それもそうか。ではカイナ湯のお披露目といこうかの」

誰もがオーラスに感謝した。ここからは何人かに分けて、建物内を見ることになる。アイリーン、エルメダ、メディは功労者ということで先発メンバーとして選ばれた。

この決定に誰も不満はない。むしろ村人の中には期待できる感想を聞かせてくれよとエールを送る者もいた。

「さぁ！　メディの姉御！」

「どうぞ！　ご堪能（たんのう）くだされ！」

「ここにメディの姉御の入浴剤が加わりゃドラゴンにブレスですぜ！」

「……はい？」

よくわからない例えにメディはハテナマークを浮かべるが、すぐにどうでもよくなる。

いよいよ広い入口をくぐり、建物内へと入った。アンデ達、三人が最初に案内したのは大きな受付の間だ。

ここでもくつろげるように、大きなソファーが置かれている。カイナ村では手に入らない綿と布で作ったソファーは、村人達の手作りだった。

「たくさん客が来ても、この広くゆったりした空間で待ってもらえりゃ怪我人にポーションですぜ！」

「はぁ……」

「しかもあっちに休憩所と仮眠室があります！」

「仮眠室？」

「風呂上がりで眠くなったらあそこで眠れるんですわ！」

この構造のコンセプトは村長の案だ。元国王であれば他の地域や他国で取り入れているものを提案できる。これ以外にも、国内ではかなり珍しいスペースや設備を整えていた。

「次は湯船っすね！　見たらおったまげますぜ！」

脱衣所へ向かうとそこも広く作られており、その先にある大浴場にメディは息を呑んだ。そこに広がる空間は想像もしてなかったのだ。手足を伸ばしても余りある浴槽に温かな湯が張ってある。

「こ、こんなに大きなお風呂が……！」

「気持ちよさそうだねー。これいつ入れるの？」

「開店準備もあるんでもう少し先ですが、後で特別に三人だけ……ということで」

「おぉー！　太っ腹！」

三人はしてやったりとばかりにニヤリと笑う。それから案内されたのは蒸し暑い部屋だった。入って間もなく、三人は汗をかく。

「こ、こ、この部屋は？」

「村長の話ではサウナってやつらしいですぜ。前にアイリーンさんが採ってきた火魔石を使わせてもらってますわ」

「需要あるのぉ!?　あっつぅ！」

「うむ、気に入った」

アイリーンが服を着たまま座り込んだ。さすがに居座られてはまずいので、三人は言葉巧みに説得して出てもらう。メディもさすがにサウナだけは理解できなかった。ただし汗をかくという観点で考えれば、すぐに閃く。

「血流を促して、汗を流せば健康にもつながる……なるほど！」

「そーなの!?」

「そうだぞ、エルメダ。サウナはいい」

「アイリーンさんは絶対わかってなかったでしょ……。あれ、もう一つだけ小さな浴槽があるね」

　サウナに隣接した浴槽に目を向けたエルメダが手を突っ込む。

「ちべたぁっ！　これ、み、水じゃん！」

「サウナで温まって水風呂に入ってまたサウナに入る。これで身体が整うらしいんですぜ」

「誰が言ったの！　あの村長か！」

「ふむ、少しぬるいな」

「アイリーンさんは黙ってて！」

　メディも手を入れてみたが、これには浸かれる気がしない。これも村長の提案だとしたら、国王とはどれだけの知見があるのか。カイナ湯にもっとも貢献しているのは間違いなく村長だ。

　彼がいなければこれほど充実した設備が整うこともなかった。なぜ元国王ほどの人物がこんな田舎で暮らしているのか。メディにとってはありがたいが、気にならないこともなかった。

「後で村長さんにお礼を言いましょう。これがカイナ村発展のきっかけになるなら尚更です」

「そうだね。でもさ、人がたくさん来るなら宿も必要じゃない？」

「宿ですか？」

「外から来た人が温泉だけ入って帰るってのも場所的に不便でしょ」

「ですよねぇ……」

カイナ村を訪れる者はあまりいない。現状、泊まる際はどこかの民家に宿泊させてもらわなければいけなかった。

外に出て村長と話し合ったところ、宿の建築も検討してくれた。カイナ湯と宿のセットがあれば、客を迎えるには十分である。

まだ見ぬ村の発展にメディは胸の高鳴りが止まらない。それに伴って、薬の開発も忙しくなる。やがて運ばれてくるレスの苗木を思って、メディの中には新たな薬のレシピが無限に広がっていた。

19話　イラーザの刺客

「イ、イラーザ様。雇った冒険者達がやってきました……」

イラーザが雇った冒険者達が彼女の家にて勢揃いしている。

彼らへの依頼は証拠隠滅のためのメディとロウメルの殺害だ。

「あなた達、単刀直入に言うけど殺しはやってくれる？　とある二人を殺してほしいの」

その言葉に一級冒険者のアバインはイラーザの正気を疑った。

伯爵家に雇われていたものの、水晶の谷での仕事を失敗したせいで彼は見限られている。

その際、彼は、水晶の谷にてアイリーンに助けられている。紅晶竜に歯が立たず、『星砕』のプライドも何もかも失った。

挙句の果てに流れ着いた先で殺しの依頼とくれば、自分が落ちた先を嫌でも実感できた。

ここは最下層だ、と。

「報酬は弾むわ。これでどう？」

そう言って、イラーザはテーブルに報酬となる大金を出した。

「……そんな金がどこに？」

「細かいことは気にしなくていいの。で、やるの？　やらないの？」

「断る。さすがに法を逸脱している」

「フフ……。でもあなた、もうどこにも行き場がないんでしょ？」

アバインは図星を突かれた。一級の彼だからこそ、大仕事の失敗の噂は瞬く間に広まった。

「だが、殺しは……」

「アバインさんよ。その考えは害だぜ」

アバインに話しかけたのはデッドガイと名乗る男だ。『不死身』の異名はそこそこ広まっている。曲がりくねった箒のような頭を揺らして、デッドガイは上機嫌だ。

「イラーザさん、その依頼を受けてやるよ。それと口には出さないが、『処刑人』の旦那も乗り気だぜ。な？」

「処刑人？」

いつの間にか雇われていた処刑人と呼ばれる男は壁を背にして目を閉じている。アバインは背筋が凍った。

その名は『極剣』並みに通っている為、周囲の冒険者は息が詰まる思いをしている。

　腰には鞭のようにしなる特殊な刃がベルト一つで装着されており、アバインは思わず視界から外した。

「あら、クルエ。あんな頼りになりそうな男性をいつの間に雇ったの？」

「わ、私は知りませんよ！」

「そ、その男は賞金首だ！　いつから紛れ込んでいた！」

　アバインが辛うじて言葉にする。クルエがぎょっとして処刑人をちらりと見た。それが合図となったのか、処刑人が堂々とイラーザの隣に座った。

「誰を殺してほしい」

「……やってくれるのね」

「イ、イラーザさん！　正気か！」

「あなたより頼りになりそうよ」

　アバインの動揺を気にもかけず、イラーザはメディとロウメルの特徴を話した。

　そして処刑人は問題ないと言って、テーブルに置かれた報酬の大半を奪う。デッドガイが慌てて処刑人に低姿勢に接触した。

「お、おいおい！　処刑人の旦那よ！　少しは俺にも分け前を……うっ！」

　デッドガイの頬が切れる。アバインすら微動だにできなかった。

「これは前金だ」

「いいわ。ではあなたに任せようかしら。でもさっきも説明したけど、居場所がわからないの。だから必然的に人員が必要になるわ。そこでね……」

イラーザはあえて紙に金額を書く。それが何を意味しているか、一同は生唾を飲んで理解する。

「二人を殺した人にこの額を報酬として進呈するわ。つまり競争よ」

「イ、イラーザさん！　そんな金がどこに……」

「私の貯蓄の大半よ。それにあのクソ町長をやり込めたら、たっぷりと慰謝料を貰うわ」

独身中年であるイラーザの貯蓄は多い。長年に亘って治療院で幅を利かせていたのだから。

イラーザの報酬に目がくらんだアバイン以外の冒険者達が半ばその気になる。

「その二人を殺すだけであんなに貰えるのか？　だったら……」

「お、おい。お前達！　まさか殺人を犯すのか！」

「まぁまぁアバインさんよ。だからその考えは害だぜ」

デッドガイが気安くアバインの肩に腕を回す。

「あんた、そもそも行き場はあるのかい？　このままじゃそこらの低級冒険者と同じだ。

それにな……こんなの意外と誰でもやってるんだぜ？」

「こ、殺しをやってるというのか！」

「誰もが聞いたことがあるあいつやそいつも、昔は何人か殺してたらしいな。舞台女優だっていい役もらう為に劇団長と寝てるんだ。今更、驚くことじゃない」

アバインは悔やんで歯ぎしりをする。気がつけば自分は本当に最下層に落ちていた。前に助けてもらった極剣のアイリーンの顔が脳裏を横切る。助けてもらった魂を汚してしまうことが悔しくてたまらなかった。そんなアバインの隣に一人の魔道士が並び立つ。

「イラーザ、あたいも参加させてもらうよ。『炎狐（えんぎつね）』のサハリサの名で通ってる女さ。このご時世なら冒険者たる者、金さえ貰えりゃ何でもヤらないとねぇ」

「あなたも頼りになりそうね。任せるわ」

アバインは肩を落とした。もうどうやっても引き返せないのか、と。

20話　大浴場

「メディの姉御達の入浴中、マジ気合い入れて見張っておきますんで！」

「覗（のぞ）く奴（やつ）がいたらマジ秒で沈めますわ！」

「安心してご湯治くだせぇ！」

　誰もそんなことしないですよとメディが諭すも、三人の気合いは変わらなかった。そもそもカイナ湯ではそのような不届きな行為ができないような作りになっている。

　しかしメディ達の初入浴とあって、三人それぞれ警備していた。更衣室の前、入口、大浴場の窓の付近。

　こんなにも守られて入浴をするのは貴族や王族くらいだ。アイリーン達を相手にそんな命知らずがいるのかと、エルメダは考える。

「悪いわね、メディちゃん。私なんか部外者なのに……」

「カノエさんには毒以外にも知ってほしいですからねぇ」

「そんな心配してたの？　あなたの薬の効能はとっくに認めているのよ？」

「カノエさんは毒をうまく作れるなら薬だってうまくなります。魅力を知ってもらいたいんです」

カノエは薬湯に足を入れてから身体を沈める。痺れるような熱さだが次第に慣れて肌全体を心地よい湯が包む。その乳白色の肌はアイリーンとは違った美しさだ。カノエの細く艶めかしい身体と自分の身体をエルメダが比較する。

エメラルド色の薬湯はいい意味で肌を刺激して、確実に体外から癒やしていく。

カノエは改めて感心した。どこかとろみのある湯を手ですくいながら、とある湯と遜色ないと思った。

「これは温泉みたいね」

「温泉？」

「簡単に言うと天然の薬湯よ。私の出身国ではそこら中にあるわ」

「天然の薬湯⁉　自然が薬湯を作るんですか！」

温泉についてカノエが説明すると、メディはむむむと謎の対抗意識を燃やす。

自分が作り上げたものが天然に存在するとなれば、天然以上の薬を作りたいと考えた。

「天然さん、すごいですねぇ……」

「いやいや、メディもすごいって。だってこんな薬湯なんて普通、作れないでしょ。ね、アイリーンさん？」

「そうだな。私もいろいろな場所を旅したが、薬湯はどこにもなかった。このカイナ湯は確実に有名になるぞ」

　アイリーンが肌に湯をかけて撫でる。彼女だからこそこの薬湯をより感じられた。いかに最高の肉体を持つアイリーンとはいえ、疲労の蓄積は無視できない。この湯に浸かれば、アイリーンの疲労は一瞬で吹き飛ぶ。

　一般の者でも、一日の疲れは消えるだろう。仕事終わりに湯に浸かることを習慣とすれば、能率も大幅にアップする。

「はぁ〜、いいですねぇ。入浴剤、作ってよかったです」

「メディ、お前はきちんと食べているのか？　ずいぶんと身体が細いな」

「食べてますよ。アイリーンさんはいい身体ですねぇ」

　メディがアイリーンの豊満な胸や身体を指でつっつく。弾力性があり、それでいて筋肉をしっかりと感じる最高の身体だとメディは改めて思った。

「んむ……メディ、あまり人の身体を触るな」

「すみません……」

「そうよ、メディちゃん」

メディがしゅんとしているところへカノエが割って入ってきた。

「触るならこのくらいじゃないとね」

「んっ……！　カ、カノエェ！」

「あら、少し刺激が強かったかしら？　それにしても惚れ惚れする大きさねぇ」

「何がだ……」

カノエの思わぬボディタッチにアイリーンはなぜか仕返しできなかった。

「と、とにかく。メディ、それでは栄養不十分だ。お前は他人の身体には敏感だが、自身の健康管理には気が回っていないな」

「そ、そんなことないですよぉ」

メディは薬の調合となれば寝食を忘れることもある。自身よりも他人を優先する為、アイリーンの指摘は当たっていた。

「メディー、ちゃんと食べないとねー？　このお胸周りとかさ」

「んにゃんっ！」

エルメダがメディの小ぶりの胸をつっつく。恥じらったメディが腕で覆い隠した。

「エ、エルメダさんは少しお肉がついてきましたねぇ」

「ウソォ!?」

「少しですよ、少し。お胸の辺りはそうでもないんですけど、例えばここと か」

「ひゃあんっ！」

仕返しとばかりにメディがエルメダの身体をさすり、腹の肉をつまんで確認している。この村に来て以来、エルメダはやたらと可愛がられて食べ物をもらっている。小柄なせいで、熟年層から甘やかされていた。更に他人の家にお呼ばれしてご馳走になれば、無駄な肉がつくのも仕方なかった。

「なに、その程度ならば少し動けばすぐに落ちる」

「アイリーンさんの身体じゃあるまいし……」

「では少しでも無駄な水分を落としにいこう」

アイリーンが誘った先は灼熱地獄のサウナだ。エルメダは辟易したが、ダイエットに効果があると聞いて飛びつく。

「やはりもう少し熱いほうがいいかもな」

「この施設がアイリーンさん基準になったら、全員死ぬから……」

「確かに少し物足りないかもしれないわねぇ」

「カノエさん？」

アイリーンとカノエは汗を流しながら、実に気持ちよさそうだった。エルメダはエルメダで、流した汗の分だけ痩せると信じていたが――

「エルメダさん。水分で体重が減ってもすぐ元に戻りますよ」

「そんなぁ！」

「エルメダちゃんは少しぽっちゃりしても可愛いわよ？」

「ぽっちゃりとか言うなぁ！」

たまらずエルメダがサウナから出て水風呂に飛び込む。

「ちいぃぃべたぁぁぁーーーいぃぃぃーーっ！」

エルメダの絶叫が大浴場に響いた。冷水なのだから当然であり、サウナから出たアイリーンとカノエは平然と浸かった。床のタイルの上でのたうち回るエルメダにメディが湯をかける。

「いきなり飛び込んだら心臓に悪いですよ」

「し、死ぬかと思った……。ていうかメディも割と平気そうだね……」

「薬のレシピを考えていたら長く入っちゃいましたねぇ」

「揃いも揃って化け物か」

間もなく大浴場に足音が近づいてくる。がらりと扉を開けて飛び込んできたのはアンデだ。遅れてポントやウタンもやってくる。

「姉御ォ！　今の叫び声は何が……グッ！」

「ギェッ！」

「ウギッ……！」

三人に手刀を入れたのはアイリーンだ。更にカノエが足元をすくってタイルに転がし、一瞬で手足を布で縛って拘束する。

わずか数秒の出来事であった。エルメダは自分の身体を手で隠すも、その早業にはコメントできない。カノエがその布をどこから取り出したのか、という疑問なども今はなかった。

「問題ない。こいつらは何も見ていない」

「問題しかないけど⁉」

「念の為に記憶も消しておこうかしら？」

「ダ、ダメですよ！　心配してきてくれたんですから！　エルメダさんが叫ぶからです！」

この後、メディが急いで大浴場から出て三人をロウメルの治療院へ連れていく。ポーションなどの薬を処方するよりも、そちらのほうが早かった。当然、何があったかと聞かれたが事故以外に答えようがなかった。

21話　獣人部隊到着

「レスの苗木五本、レスの葉五万枚、魔力の水その他もろもろをお届けだぜッ！」

カイナ村にやってきたのはワンダール公爵が派遣した獣人達だ。数台が連なる荷車が到着したところで、メディは打ち震える。

いよいよこの村にレスの苗木がやってきたのだ。それどころか、大量のレスの葉と入手しにくい魔力の水や素材までセットだ。この珍客には村人達も関心を寄せる。獣人など見たことがない彼らは遠巻きに眺めるだけだ。

「ワンダール公爵直属の獣人部隊『キメラ』の部隊長ドルガーだ！　こっちはイルグスな！」

「某は知っている……人間はこの後、自己紹介する」

「よくぞ参られた。ワシがカイナ村の村長だ」

「メディです！　今日はどうもホントに感謝感激ですー！」

狼と鳥、その他数名の獣人がカイナ村にやってきた。クレセインから魔道貨物列車を利用して遥々やってきてくれたことにメディは何度も頭を下げる。

挨拶もそこそこにさっそくレスの苗木がメディの畑に運び込まれた。

レスの木もまた専用の温室が必要となる為、建築も必須となる。派遣されたキメラ部隊は村長やメディに従うように指示を受けていた為、話が早い。

畑にレスの苗木が植えられた後、メディはキメラの獣人達に温室の建築を依頼した。

「こりゃ立派な畑だな！　だがちーっとばかし土が残念かもな！」

「魔力の水とレスの葉、牛の糞があればもう少しランクアップできると思います」

獣人達が作業している間、メディはさっそく室内に戻って調合を始めた。

・レスの葉　ランク：A　・魔力の水　ランク：A

・牛の糞　ランク：C

魔力の水を惜しんでいた頃はブルーハーブと普通の水を調合していたが今は違う。上質な魔力の水を用意することで、その工程を省けるのだ。更に今は上質なレスの葉がある。

調合釜に魔力の水を入れて沸騰させてから別の容器に移し替えて牛の糞を投入。レスの葉を調合釜で乾燥させた後、すり潰した。

枯れ葉が土へ還ることでやがて腐葉土となるように、成分だけを抽出する。

最後に容器に入っている液体に乾燥させたレスの葉から抽出された成分を掛け合わせていよいよ完成した。

・畑の肥料　ランク：A

「この上ない上質な肥料ですっ！」

正確にはランクSという上があるのだが、今の素材では不可能だ。それよりも自分の腕で最高のものができたことをメディは喜ぶ。薬屋の裏手から畑に出て肥料を撒いた。

これにより、畑で栽培している素材のランクも上がる。軒並みランクAへと変貌するのだ。

「こりゃ見事な畑だな！」

「ドルガーさん、何から何までありがとうございます」

「なーに、ワンダール公爵の命令だからな。実はオレ達もしばらくカイナ村に滞在するように言われたんだ」

「それはそれは！」

ドルガー達の役割はカイナ村の警備及び力仕事への従事、その他の足りない手を貸すこと。

オーラス達だけで行っていた建設作業も、彼らが加われば二倍以上の工期短縮が可能となる。あまりに至れり尽くせりでメディは逆に申し訳なくなるほどだった。

「ワンダール公爵……。ここまでしていただけるなんて……」

「お前以外であの人に気に入られたのはあいつ以来だな。確かバ」

「某は知っている……ドルガーは口が軽いと……」

イルグスが翼でドルガーの口を覆う。ドルガーも自覚して何事もなかったかのようにわざとらしく空を見上げた。

「ま、まぁすげぇってことだな」

「すげぇんですね」

「それとこの畑も警備対象だ。獣害なんかもあるだろ？」

「あ、それは大丈夫です。この辺の魔物が嫌う香水を撒いてます」

「なにそれ」

「なにそれ」

ドルガーとエルメダの発言が被った。隣にはいつの間にかエルメダがいる。狩りから帰ってきたエルメダは何の疑問もなく、獣人達に馴染んでいた。

メディの畑を知っていても、そんな謎の香水が撒かれていたなど知る由もない。考えたところでメディだからと納得するしかなかった。

「圧巻だねー。つまりこの村も賑やかになるわけだ」

「薬湯もありますからねぇ。でもドルガーさん達はどこに住むんですか？」

「何の心配もない。自分の面倒くらい自分で見る。つまり家なんか自分で建てりゃいいのさ」

ワンダール公爵直々の獣人部隊キメラの派遣はこの村に多大な利益をもたらす。

作業人員だけではなく、単純に人口が増えるので必然的に商売も増える。村人の中にはすでに飲食店などの経営を考えている者もいた。

しかし世の中、上には上がいる。エルメダは獣人達を見て閃いたのだ。

「獣人によるもふもふカフェなんかもいいかな？」

「む？」

「あ、いや。何でもない」

さすがに彼らのプライドを傷つけかねないと、エルメダは口を塞ぐ。

それはそれとして、獣人は一部から熱狂的な支持があった。獣人のみで構成された劇団や高い身体能力を活かしたサーカスなど、活躍の幅は広い。

そんな可能性とは別にエルメダは思った。この村の戦力が強化されている、と。

戦力が増して損することはないが、特段、得するようなことも思いつかない。定期的な山狩りを行っていれば、村が襲われる可能性は低い。

「こりゃ何が襲撃してきても怖くないね」

「む？」

「いやいや、何でもない」

何が襲撃するというのか。自分で言っておきながら、エルメダは苦笑した。

22話　クルエの足掻き

夜になるのを待ってクルエはイラーザの屋敷を抜け出すと、同僚の自宅へ向かった。

クルエが警備隊の目を盗んで訪ねたのは、イラーザから信頼されていた女性看護師だ。

「パメラ。今、どういう状況かわかるわね」

「は、はい。私達全員に毒物事件の容疑がかかっているんですよね。でも私は指示に従っただけで……」

クルエがパメラの頬を叩く。パメラが涙目になって倒れてクルエを見上げた。

「私もあなたも証言をでっち上げてメディを見送った。同罪なのよ」

「ち、違うわ……私は悪くない……」

「処刑を免れたとしても無期限の強制労働くらいは待っているかもしれないわ」

クルエは額から流れる汗を居間のテーブルクロスで拭う。パメラは当然、咎めなかった。

「イラーザさんは冒険者に殺しの依頼をした。ターゲットはロウメルとメディよ。あの二人を殺せばすべてを隠し通せると考えているの。あの人は完全に暴走してるのよ」

「そんなの私に関係ない！」

　クルエは起き上がったパメラを二度目の平手打ちで倒して、脇腹に蹴りを入れて過激な暴行を加える。何度目かの暴力を終えるとパメラは抵抗の意思をなくした。

「私ね、こう見えても昔は冒険者だったの。逆らわないほうが賢明よ」

「う、うっ、ぅ……」

「パメラ。私達はイラーザに脅されていた。そう証言しなさい。一人より二人よ」

　暴力に屈したパメラはそうするしかないと悟った。

「わか、りました……」

「イラーザはやりすぎた。さすがについていけないわ。すぐにでも」

　窓ガラスが割れた。飛び込んできたのはデッドガイとイラーザだ。

「あ、あぁ……な、なんで……」

「クルエさんよ。寝返りはさすがに害だぜ。なぁ、イラーザさん」

「ええ、本当に……。クルエ、あなただけは信頼していたのに残念だわ」

　デッドガイの後ろに立つのはイラーザだ。この瞬間、クルエは後悔した。

「ここで台無しにされちゃ金が貰えないからな。他の雇われた連中は考えなしに動いてるが、俺は見逃さねぇ」

「ぐ、ぐぐ……キエェェーーッ！」

クルエが懐から取り出したナイフでデッドガイの心臓を突き刺した。

「何かしたか？」

デッドガイがケロリとして、ナイフを引き抜く。クルエは歯の根が合わない。

「不死身のデッドガイって聞いたことねぇか？」

「ば、ばば、化け物……！」

「ひでぇなぁ。俺だって言葉で傷つくし、野糞はしねぇ。立派な人間だよ」

不死身のデッドガイ。元はクルエが雇った人物だが、詳細までは把握していなかった。

「そう怖がるなって。怒ってない怒ってない。で、イラーザさん。どうするんだ？」

「そうねぇ。殺してもらうわ」

逃げようとするクルエとパメラをデッドガイが捕まえる。片手に一人ずつ、首を掴まれて床に叩きつけられた。

「あの二人の居場所の見当がつきますぅッ！」

クルエが苦し紛れに叫ぶ。デッドガイがイラーザに目で指示を求めた。

「実は調べたんですよぉ……。メディはクムリタ方面行きの、列車に乗車したって……」

「どこの情報なの？」

「元患者です……。声をかけようとしたけど……間に合わなかったって……」

大した証言ではないと、イラーザは再び殺しの指示を出そうとする。

「女で十五かそこらの薬師だろ？　本人が隠してない限りはどこかに痕跡がある」

「あら、デッドガイ。そうなの？」

「こいつらを殺したら事態が悪化するぜ。ひとまず大人しくさせようぜ」

デッドガイの提案に納得したイラーザは二人を生かしたまま監禁することにした。

23話　メディの悩み

「ほら、そこにグリーンハーブを過剰に入れるといい感じの毒が完成するわ」

「毒の調合じゃありませんっ！」

メディは薬屋に併設している調合室にて、ポーションの調合に勤しんでいた。

いつもならリラックスハーブティーを飲みながら没頭するところだが、今日のメディは身が入っていない。カノエが遊びにきて横から口を出してくるというのもわずかな理由ではある。

追い出そうにも、相談役として優秀なのが、ある意味で性質が悪かった。

「ブルーハーブから抽出される魔力は魔力の水と比べて少ないけど、代わりに何の成分が抽出できるかわかる？」

「カノエさんが大好きな毒にもなる成分です。特殊なやり方をしない限りはまず抽出されません」

「あららぁ、もうホント素敵ね」

「カノエさんは仕事をしなくていいんですか？　アイリーンさんもエルメダさんも、狩人として山に入ってるんですよ」

カノエはカイナ村でどうやって食べているのか、メディは不思議だった。

たまにふらっとやってきてはお疲れだからと食事の用意はしてくれるが、材料はメディ持ちである。ちゃっかり二人分の食費だ。

その代わりと言わんばかりに、絶妙にレアな素材を持ってきてくれるからメディも無下には扱えなかった。

「私も仕事をしてるわよ。お年寄りの家の掃除をしたりマッサージしたり……。これがまた好評なの」

「そうなんですか！」

「村長はエプロン姿がお気に入りみたいね。私が働くところをずーっと見てるの」

「そう、なんですか」

メディには村長の行動の意図が理解できなかった。しかし仕事内容そのものは村の需要を満たしている。特に高齢者から絶大な支持を集めており、各家庭から引っ張りだこらしい。

更にエプロン姿とメイド服のオプションがあり、これは別料金なのだという。合理性の

観点からメディは考えるが、何をどうやってもそれには存在意義を見出せなかった。

「メディちゃんも今度やってみる？　案外、受けるかもしれないわよ」

「え、私はいいです……」

「アイリーンさんやエルメダちゃんを誘ってみようかしら。どう？」

「私は薬屋が忙しいのでいいです……」

カノエは単にメディの邪魔をしているわけではない。メディの手がたまに止まる。調合に身が入っていない彼女をカノエは気にかけていた。

カノエは今日も勝手に食材を漁ってキッチンを借りて何かを作り始める。

「メディちゃん。まずは栄養をつけてね。それと何か悩んでいるなら私でよければ聞くわよ」

「な、悩んでませんよ」

「いつものスピードと切れがないわ。ねぇ、あなたがそんな状態だと、助けられる命も助からないわ。わかるでしょ？」

「……そうですよね」

メディはリラックスハーブティーを飲んでから一息つく。

「私がいた治療院の患者さんが気になるんです。ロウメルさんからいただいたカルテを眺めているうちに段々とその思いが強くなって……」

「ひどい濡れ衣を着せた人が院長をやっているところね。それはいけないわね」

「私なんかが気にすることじゃないですけど……」

「ロウメルさんはあなたにそのカルテを託した。あなたはどうしたいの？」

「何とかしたいです」

即答だった。ただし、それが簡単に実現できないのは理解している。一度は解雇された身であり、今はあのイラーザが支配している治療院だ。自分一人の力で何ができるか。考えたところで何もできないのだ。

助けなければいけない人達がいる事実を認識するほど、メディは胸が締め付けられるような思いをする。カノエはそんな健気なメディに寄り添った。

「あなたは本当に馬鹿ね」

「そ、そうですよね……。私なんかが心配することじゃ……」

「あなたはいつも笑顔でポーションを差し出すけど、自分の感情には無頓着ね。無理をしていたんでしょ」

「無理なんか……」

メディは涙を堪えていた。自分が元気でいなければと、カノエが言うように明るく振る舞っていたのだ。

カノエはメディの薬師としての実力は認めているが、その力は時に身に余るかもしれないと考えていた。大きすぎる才能を持つせいで、すべてを背負いすぎる。持つべき者の宿命でもあり、その重みで潰れる者は数知れない。カノエはメディの肩に手を置いて微笑む。

「もっと周りを頼りなさい。あなたに助けられている人達を軽んじたらダメ。周りを見ればたくさんいるでしょ」

「そ、そう、ですね……」

「ロウメルさんも人が悪いわね。こんなものをメディに託すなんて……」

カノエはカルテを手に取った。そこに書かれている患者の症状、治療薬。これだけの成果を残しながら、今の院長はメディを追放した。

カノエもまた滅多に見せない感情を表に出しつつある。しかし露出してしまえば、かつての自分に戻ってしまう。カノエはメディを認めているからこそ、後悔させたくなかった。

「メディ、この件は村長に相談するわ」

「ど、どうしてですか？」

「これは村が一丸とならなきゃダメなの。アイリーンさんとエルメダちゃんにも声をかけるわ」

メディの願いを叶える前にカノエは障害を想定した。メディから聞いた情報を加味すれば、院長の座についた人物では毒物事件を隠蔽などできない。

杜撰な状況下にある治療院の悪評は広まり、そうなれば、町長がまともな人物であれば捜査が始まる。追いつめられた人間がどう暴走するか、カノエは予想していた。

「メディちゃん。少しだけ待っていてね」

「はい……？」

カノエはこれから起こり得る事態を考えつつ、完成した昼食をテーブルに並べた。

夜、集会場に集まったのは村長を初めとしたリーダー格の者達だ。カイナ湯を建築した大工の棟梁のオーラス、多数の牛を所有するポール、村でもっとも広い畑を持つブラン、村の産業のリーダー達と共に警備隊の隊長を務める獣人ドルガー、アイリーンとエルメダ、カノエとロウメルがテーブルを囲んでいた。

議題はメディのお悩みについてだ。一人の少女の為に集会を開くことに異議を唱える者はいない。その本人は申し訳なさそうに俯いてアイリーンの隣に座っている。

村に最近きたばかりのドルガーもすでに事情は把握しており、拳を震わせていた。

「メディ、顔を上げよ。全員、お前を思って集まっているのだ」

「村長……皆さん……」

「簡単に解決とはいかんだろうが志は同じだ。皆の者、そうであろう？」

　全員が同時に頷く。メディは目頭が熱くなって、また顔を伏せた。

「村長。メディを治療院に送り届けるくらいわけないぜ？」

「ドルガー、それは確かに簡単だろう。それについてはカノエ、説明してほしい」

「ええ、まず部外者であるメディが治療院に入って患者に薬を与えるのは無理。これは常識で考えて当然よね。それに今の治療院はイラーザを女王とした独裁国家が築かれている。彼女の息がかかった人達ならメディを治療院に立ち入らせることすらしないわ」

　誰も口を挟まなかった。無言で肯定しているのだ。まずはカノエの言葉を最後まで聞けば、今後の指針になると考えている。

「で、これは私の予想なんだけど……。すでに治療院に捜査が及んでいた場合、女王様はどういう手に出るか。メディに濡れ衣を着せる女よ。下手をすれば連行されていただろうに、追放で済んだのだから、ロウメル元院長の対応は間違ってなかったのよ」

「……しかし、誇るつもりはない」

「いいのよ、ロウメルさん。結果的に女王様はもう取り返しがつかないことになってるかもしれないわ」

「どういうことかね？」

「イラーザはおそらく毒物事件のキーパーソンであるあなたとメディを消そうとする」

予想しなかったカノエの言葉にメディは固まる。なぜ殺されなければいけないのか。

あんな仕打ちを受けて追放されたというのに。メディは怒りとも悲しみともつかない感情で歯ぎしりをした。

「なんでですか……。あの人がそこまで……？」

「そ、そうだぞ！　カノエさん！　大体、そのイラーザってのはただの治癒師だろ？」

「ポールさん。自分で殺せなくても、誰かを雇うことはできるわ」

「……なるほど」

アイリーンが納得して口を開く。

「手っ取り早いのが冒険者だな。特に低級でくすぶっている者ならば、少し金をちらつかせれば動く可能性がある」

「アイリーンさん、私も低級なんだけどぉ？」

「すまない、エルメダ。配慮が足りなかった」

「まぁそれはそれとして、そんな馬鹿なことを引き受ける奴なんている？」

「いても不思議ではないな」

アイリーンは黒い噂が立っている名のある冒険者を思い浮かべた。万が一にでも彼らが雇われて、狡猾な手口で仕掛けてくればわずかな隙も見せられない。

だからこそ、村が一丸とならなければいけないのだ。

「でもよ、メディがここにいるなんてどうやって突き止めるんだ？」

「ドルガーさんは鼻が利くでしょう？　人間の中にもそういった手合いがいるのよ」

「どーいうこっちゃ？」

「ほんのわずかな手がかりさえあれば、人探しはそう難しくない。死んでなければね」

「じゃあ、怪しい奴が来たらぶっ飛ばしておけばいいんだな？」

「その怪しい奴をどう特定するか。そこが重要なの」

このカイナ村には冒険者ギルドや宿もなく、訪れる冒険者は少ない。アイリーンやエルメダ、アンデ達のような者は稀だ。つまりここに流れ着く者は大体、訳ありだが、黒と断定できる根拠はない。

だからこそ、カノエはまず警備態勢を強化しようと提案した。ドルガー達だけではなく、狩人達も当番制で村の警備に当たってもらう。特にアイリーンは冒険者に詳しく、カノエならば生半可な誤魔化しは通用しない。刺客かどうか、より見抜ける可能性が高まる。

そう聞いた一同の大半は安心した。しかしアイリーンはまったく楽観視していない。彼女が想定する刺客ならば、時に大胆に、時に狡猾に仕掛けてくるからだ。

「……皆、これから情報の共有を行いたい。今から私があげる人物は黒い噂が絶えない連中だ。極力、特徴を話すから頭に叩(たた)き込んでほしい」

アイリーンが話した者達は一同に嫌悪(けんお)感を与えた。そんな者達が狙っている可能性があるというのだから、メディは恐怖で胸が締め付けられる。

しかし間もなく彼女の手をアイリーンとエルメダが温かく包んだ。その温(ぬく)もりがメディから恐怖心を取り去る。根拠はないがこの二人ならどんな相手でも怖くないと感じた。

「反吐(へど)が出る奴らばかりだな」

「ドルガー、特に『不死身』のデッドガイと『炎狐(えんぎつね)』のサハリサは危険度で言えばトップクラスだ」

「デッドガイは度重なる殺人容疑……。フレイムサラマンダーに焼かれたと言われている村は実はサハリサの仕業……。なんでそんなのが冒険者をやってんだかな」

「奴らは冒険者という身分を利用しているに過ぎない。あと一歩のところで証拠を掴(つか)ませず、国やギルド側もろくに調査をしないのだ。まったく呆(あき)れるよ」

ドルガーは大きく鼻息を吹いた。獣人の価値観では考えられない者達だった。

彼らは根が単純で、狡猾な知恵を回すことは少ない。殴る、殴られる。勝つ、負ける。正義、悪。物事を二極化して単純に捉える傾向にある。その基準でいえばメディは正義だ。

ドルガーが立ち上がって、メディの元へいく。

「心配するな。全部、オレ達の敵じゃやねぇ」

「ドルガーさん……」

ドルガーの大きな手がメディの頭を包んだ。メディはふさふさとした大きなドルガーの手の温もりがたまらなく心地よかった。

オレ達の敵じゃない。その言葉が慢心ではないことは、ここにいるごく一部の者達しか気づいていなかった。

24話　刺客襲来

「残ったのはこれだけか。つくづく害だねぇ」

　デッドガイ達はずっと監視されていた。サハリサと共に泳がされて、町を出ようとしたところで衛兵に囲まれたのだ。

　イラーザに雇われた冒険者の大半が捕まることになったが、デッドガイとサハリサは衛兵を数人ほど返り討ちにした。

　何とか町から逃げられたものの、今はカイナ村の最寄りの町にて彼らは潜伏していた。

「ど、どうするんだ？　これじゃ報酬もクソもないぞ」

「残念ながら途中下車はできねぇんだ。サハリサと合流できたのは幸いだったな」

　冒険者達は青ざめているが、デッドガイとサハリサはスリルを楽しんでいた。

「あの女からたっぷりと報酬を貰うのが難しくなったね」

「サハリサ、だからこその共闘だろ？　俺の取り分は三割でいいんだ」

「欲がないね？」

「俺は不死身だからな。飲まず食わずでも生きていられる」

デッドガイが自分の武器で胸を突き刺してから引き抜いて見せた。

「ところでターゲットの居場所はわかったのかい？」

「この町の宿屋のオヤジがポロッと喋ったよ。二度ほど宿を利用したみたいだな。ただなぁ……気がかりな情報もある。どうもガキに連れがいるみたいなんだ」

「連れだって？　護衛でも雇ってるのかい？」

「二度目にはエルフの魔道士とスレンダーな美女を連れていたらしい。オヤジの言葉通りの情報だ」

突き止めた場所は辺境の村だが、未知数の護衛がいる事実にサハリサは舌打ちをした。

「やだねぇ。エルフかい。あたいはエルフってのが大嫌いなんだよ」

「へへっ、奴らのせいで人間の魔道士は肩身が狭い思いをしてるらしいな。同情するぜ」

魔法あるところにエルフあり。人間社会に溶け込んだエルフは宮廷魔道士団や研究機関などで指揮を執り、今の魔法界隈を牽引している。

「デッドガイ。警戒は結構だけど、あたいの魔法があれば十分さ。見てみな……！」

サハリサとデッドガイ以外の冒険者の尻に尾が生えたように火がつき、大きくなる。

「な、なんだ⁉　火が、火が……」

「尻に火がついちまったからにはね、やるしかないんだよ。これがあたいの魔法さ」

デッドガイは素直にサハリサを認めた。

「クソッ！　消えろ！　消え……うわぁぁっ！　燃え、熱いぃ！」

「アハハハッ！　無理に消そうとするからさ。あたいの言うことを聞くかい？」

「き、聞く！」

冒険者の尾のような火が収縮して元の大きさになる。サハリサの意にそわなければ導火線となって対象を襲うのだ。

「デッドガイ。あたいらが手を下すまでもないかもしれないね」

「……怖い女だぜ。そう思わないかい？　アバインさんよ？」

火をつけられた冒険者の一人、アバインは何も答えなかった。

「アバインさん、諦めろよ。あんたはまだ生きてる。外れたところを歩けばそこも道さ。くよくよ悩むのは害だぜ」

アバインは心が縛られて己の正義を貫けない。彼は堕ちた自分を許せなかった。

夜、出発してデッドガイ一行は歩く。カイナ村が見えてきたところで、デッドガイが最初の囮役のアバインに指示を出した。

「止まれッ！　名を名乗れ！」

ドルガーはカイナ村に近づいてきたアバインの足を止めた。ドルガー他、獣人と村の狩人で構成された警備隊にアバインは気圧される。

ドルガーが近づくと、アバインは身分証明となる冒険者カードを提示した。

「なるほど……アバイン、一級の冒険者か！　もしやあの星砕か？」

「あぁ、そのアバインだ」

「なるほど、そりゃ悪かった！　でも一級がこんなところに来るとは珍しいな」

「冒険者ギルドの依頼で奥にある山に用がある。通してもらえないか？」

ドルガーがアバインの頭から足先まで匂いを嗅いだ。アバインは内心、冷や汗をかく思いだった。辺境の村にこれほどの警備隊が編成されているとは思わず、何より相手は獣人だ。

もしドルガーが襲いかかってくるならば、一筋縄ではいかない。少なくとも楽に勝てる自信はなかった。

ドルガーはワンダール公爵が獣人部隊の中から精鋭として抜擢した部隊長の一人で、実力は一級にも劣らない。

「怪しい臭いはしないな。よし、通れ。ただし、泊めてもらえる家があるかはわからんぞ？　ガハハハッ！」

「構わない。通していただいて感謝する」

アバインは無事、村の門をくぐることに成功する。問題はここからだった。目標達成するには速やかにターゲットに接近する必要がある。

大きな規模の村ではないとはいえ、アバインに見当はつかない。

「あ！　もしかしてお客さんですかぁ！」

「む⁉」

アバインに元気よく声をかけたのは奇しくもメディだった。彼女は定期的にロウメルと情報交換をして、村人の健康状態把握に努めている。

その帰り道、村を歩くアバインを発見したのだ。アバインは怪しまれないよう、すかさず冒険者カードを提示した。

「あぁ、すまない。冒険者ギルドの依頼でやってきたアバインだ」

「い、一級ですか！　アイリーンさんと同じですねぇ！」

「アイリーンと知り合いなのか？」

「はい！　この村で狩人をやってるんですよ！」

恩人の名前を聞いたアバインはやはり胸が痛む。自分は本当にやってしまうのか。

やってしまえば二度と人の道には戻れない。苦悶の表情を浮かべていたアバインの顔をメディが覗き込む。

「だいぶお疲れですね。お薬、出します！」

「お薬？」

「私、薬師なんです。ちょうどお店に帰るところなんです」

「君は薬師なのか」

「はい、メディといいます」

アバインは心臓が鷲掴みにされる感覚を覚えた。いきなりターゲットと出会えてしまったのだ。しかも思ったよりも小さく幼い少女を見れば、より意志も揺らぐ。なぜこんな少女を殺さなければならない。

イラーザという悪魔のような女の為に。サハリサに脅されているとはいえ、デッドガイの言い分もわからなくはないとはいえ。アバインは実行できる気がしなかった。

やがて案内された薬屋に入った時、更に心がほぐされる。

「……綺麗だな」

「清潔感が大切ですからね。お代は結構なので、こちらをどうぞ」

アバインはカウンターの奥に通されて、椅子に座らせてもらった。差し出されたのはリラックスハーブティーだ。

その立ち昇る香りを嗅いだ途端、アバインの心の中にかかっている靄（もや）がかすかに蠢（うごめ）く。

「それ、アイリーンさんも好きなんですよ。薬屋に来た時は大体これを買っていきます」

「そうなのか……」

「そのリラックスハーブティーは心を落ちつかせます。悩みごとがあってもパァッと心が晴れるんです」

「これは……確かにそんな気はするな」

ただのハーブティーではない。アバインとて一級冒険者だ。これまで数多くのものを味わっている。先程まで心を包んでいた靄が雲散しつつあった。そして一口、飲んだ。

「優しい……穏やかだ」

アバインは全身が軽くなった気がした。今の今まで自分は何をしていたのか。

イラーザの悪魔の所業、デッドガイの甘言、サハリサの脅し。すべてが重なってアバインにのしかかっていたが、今は何も感じなかった。

リラックスハーブティーの温かさが身体の中にとろりと落ちて、冷え切っていた心と身体に浸透する。

「俺は……一体何を……」

「あの、ど、どうかされましたか？」

この少女を死なせてはいけない。たった一杯だが、アバインを決意させるほどだった。落ちついた心で見渡せば、清掃が行き届いた室内に整理整頓された空き瓶や素材。すべてがメディという少女を表していた。薬師として高い技量を持つこともわかっている。

「メディ、外に出よう。少し話がある」

「は、はい……」

アバインは外に出る必要があった。身を挺してメディを守ると決めたのだ。

夜風に吹かれながら、アバインは目を強く閉じてからまた開く。

「アイリーンは呼べるか？　大切な話がある」

「アイリーンさんですか？　今は村の中を巡回していると思います」

「この村はやけに警備が固いな。まるで……う、うおぉぉっ!?」

アバインの尻から炎の尾が出現する。そして、火の粉をまき散らしながら縮んでいった。

「く、クソッ！　メディ！　君とロウメルという人物は命を狙われているんだ！」

「は、はい!?」

「依頼人はイラーザだ！　俺は、き、君を殺す為に、きたのだが……ぐあぁぁッ！　で、できなかった……」

「た、大変です！　誰かいませんかぁ！」

サハリサの魔法が発動しても尚、アバインは抗った。このままでは全身が焼き尽くされてしまう。

さすがのメディもアバインを包む炎はどうすることもできない。大声で助けを呼ぶのが精一杯だった。

「誰かぁぁーーーー！」

「動かないで！」

一直線の光線がアバインの火の尾を消し飛ばす。

「水！　水をかけて！」

「はい！　エルメダさん！」

メディが薬屋の中からありったけの水が入った容器をもってきてアバインにかけた。登場したエルメダも手伝って消火作業に努め、ようやく落ちつく。しかしアバインの火傷は軽くなかった。

「うう……」

「メディ、治してあげられる？」

「応急処置はしますが、ロウメルさんを呼んできてください！　治癒魔法のほうが早いです！」

エルメダはロウメルの診療所に走った。汎用ポーションをアバインに飲ませながら、メディはようやく考える。

自分の命を狙うイラーザ、刺客、そしてアバイン。アバインも刺客の一人であったが、最終的にはメディに危機を伝えた。メディはアバインの様子を一つずつ思い出す。

「この人は……悪い人じゃありません」

それは言葉を交わすうちに伝わってきた。何らかの理由で従っていただけだ。

店内の様子を見てすぐに綺麗だと口にして、リラックスハーブティーを飲んで優しくて穏やかだと評した。

ウソ偽りのない感想と素振りだけであるが、メディはアバインという人間を信じた。

25話　極剣と愚者達

アバイン同様、サハリサやデッドガイに送り込まれた冒険者達に対してドルガー率いる警備隊が立ちはだかる。

指示通りに動かなければ、彼らの尻に火がつく。こんな辺境の村に獣人がいるとは思わず、冒険者達は怖気づいた。特にキメラの獣人は四級以下の彼らが戦える相手ではない。

しかし、武器を握っている以上は戦わなければならない相手だ。

「じゅ、獣人……！」

ドルガーが腕を回して戦う素振りを見せると、冒険者達が一気に逃げ腰になる。

「なんで獣人がいるんだよ……！」

「に、逃げようぜ……」

「でもやらないと火がつくだろ！」

彼らの会話をドルガー達は理解できなかったが関係ない。そこにいるのは明確な敵だ。

武器をもってカイナ村に侵入しようとした賊であり、それ以外の事実はどうでもいい。

「おう、なんのつもりか知らねぇがここを通すわけにはいかねぇな」

「う、うわぁぁぁ！」

やぶれかぶれになって、先頭に立つドルガーに冒険者の一人が斬りかかるも、拳一つで沈黙した。遥か後方まで殴り飛ばされた冒険者が痙攣して意識を失っている。

ドルガーの拳を突き出したままのポーズを見て、冒険者達は何が起こったのか把握した。

「い、今、やられたのか？」

「やっぱり勝てるわけねぇよ！」

「なんだぁ？　やる気ねぇのか？」

ドルガーはあまりの手応えのなさにやや落胆する。警備隊を編成しているが、実戦の機会など皆無だ。

暇と力を持て余していたところでやってきた襲撃者が一撃で寝てしまったのだ。ドルガーにとっては何のやりがいもない。

小さくため息をついたドルガーの後ろからアイリーンがやってきた。

「この中にデッドガイとサハリサはいないようだな」

「なんだよ、アイリーン。やっぱりそうかよ」

「まぁいい。こいつらを黙らせた後で聞き出せばいい」

レッドのロングヘアーに携える剣、アイリーンという名。

更に対峙しただけで全身が切り刻まれる感覚。立つことすらもままならなくなり、冒険者達の一人は膝をついて嘔吐した。残りの者達もそこにいるのが極剣のアイリーンだと察する。

「ま、まさか極剣……？」

「なんで、なんでこんな村にいるんだよ⁉　話が違うじゃないか！」

「いかにもそう呼ばれている者だが、目的はメディとロウメルさんの命か？」

「オレ達は……」

そう言いかけた冒険者が言葉を飲み込む。ここで否定したり逃げてしまえば、火の尾が生えて焼き尽くされる。急に黙った冒険者を訝しんだアイリーンだが、容赦なく剣先を向けた。

「話す気がないのなら力ずくで喋ってもらうぞ」

「いや、待ってくれ！」

「お前達に指示したのは不死身のデッドガイと炎狐のサハリサか？」

冒険者達がまたも黙る。アイリーンは彼らの表情や仕草を観察した。少なくとも襲撃は本意ではない。視線の移動や呼吸、唇の震え、すべての動作を見れば真相が見えてきた。

周囲に脅している人間の気配はない。人質をとられているにしても、一人くらい意を決して訴える者がいても不思議ではなかった。

それすらもできないとなれば、答えは一つしかない。

「逆らえば何らかのペナルティがあるのか」

冒険者達の表情が答えだった。察したアイリーンだが、そのペナルティをどうにかできるわけではない。その上で彼女は剣を抜く。

「事情があるとはいえ、襲撃に加担にした事実は消えない。私はお前達を逃がすつもりもなければ許すつもりもない。元の生活に戻れるなどと思うな」

彼らの頭に逃げるという選択肢などない。怪物が立ちはだかったのだ。生物の本能は死を予感する。恐怖で思考が奪われて、死を受け入れる覚悟さえ芽生えてしまった。

足腰の力が抜けてへたり込む者、武器を落とす者。声を出さずに涙を流す者。それぞれが違った形で死を意識していた。そんな彼らにアイリーンは笑みを浮かべる。

「命を守りたければかかってこい」

思いがけないアイリーンの一言に、冒険者達は思考が動く。助かる道はある。アイリーンなりの情けだった。

「武器を取れッ！」

アイリーンの怒声に対して全員の身体が動く。一人、二人と武器を握って立った。

「ク、クソッ……クソォォォッ！」

挑んだ冒険者の剣が弾かれる。勝負など成立しない。しかしアイリーンはそれ以上、何もしなかった。続く挑戦者を待ち望んでいる。

「このぉぉ！」

「てやぁっ！」

一人、二人が気がついた時には地にねじ伏せられていた。自身に何をされたのかすらも認識できない。手元に武器はなく、遠くへ飛ばされている。

「逃げるならば、この程度では済まさない」

「おぉぉぉ！」

残りの者達が一斉にかかるが、すぐに決着した。激痛で悶えている冒険者をアイリーンは冷たく見下ろす。

「サハリサとデッドガイか？」

苦悶の表情を浮かべる冒険者は答えない。訴えるような目でアイリーンが察するだけだ。

極剣のアイリーン。ドルガー達も噂でしか知らなかった。しかし今日、目の当たりにした彼らは昂る気持ちを抑える。

彼女に敵うかどうかなど考えていない。今すぐにでも挑みたくなるが、ドルガーは深呼吸をして気を落ちつかせた。

「ドルガー、彼らの拘束を頼む」

「そりゃ構わないが、お前はどこに行くんだ？」

「村の中に戻る。どうも嫌な予感がする」

アイリーンは冒険者達を許すつもりなどない。然るべき裁きを受けるべきだと真剣に思っている。その感情は裏にいる者達に対しても同様だった。

世の中にはメディのように人を救える者ばかりではない。外道へ手引きして奈落に落とそうとする者もいる。アイリーンはリラックスハーブティーの味を思い出した。救われる心地を知った彼女の憤りの矛先は間違いなく村を襲う敵に迫っていた。

「……まったく。どこのバカだよ、あんなおっかねぇ女を怒らせたのはよ」

ドルガーは本能で極剣のアイリーンを理解した。気がつけば戦いたがっていたはずの自分がどこにもいなかったのだから。

一方、デッドガイはカイナ村の入口から大きく迂回して山中に身を潜めていた。深夜の山の中は魔物も活発となり、本来であれば危険だがデッドガイならば関係ない。

暗闇でも目が利いて、一切の感覚が鈍らなかった。今はハンターウルフを丸かじりしながら、作戦を練っている。

「サハリサの奴は短気だなぁ。こういうのは焦った奴から脱落するんだよ」

先行させたアバインは一級冒険者ということで唯一、警戒されずに村に通される。

もっとも暗殺を実行しやすいのだが、デッドガイは期待していなかった。おそらく情に流されて手にかけないだろうと見抜いている。

それからサハリサの案で入口に囮として冒険者達を向かわせたが、これも戦力として当てにならない。入口に立ち並ぶ獣人達は予想外だったが、結果的に彼らとの衝突を避けられたのだ。もし全員で向かっていたら面倒なことになっていた。

つまり正面突破が極めて困難だとわかっただけでも、デッドガイとサハリサにとっては収穫だ。

その後、二人が離れた後でアイリーンが入れ違いでやってきた。つくづくデッドガイとサハリサの悪運は強い。

「ま、俺もそこまで大人しくしてらんねぇけどな。もう少し夜が深まったところで……といきたいがなぁ」

その前にサハリサが過激な手段に出る可能性が高い。混乱に乗じて行動するのも危なかった。

あの獣人達を見た後では、女剣士とスレンダー美女という情報がどうにも引っかかる。未知数の戦力に立ち向かうほど、デッドガイは無謀ではない。山の上からでも村の家々の配置は把握できた。

その中にターゲットの薬師がいると考えれば、おのずと行動ルートが見えてくる。

「まずは端の家を襲って村人に吐かせる」

デッドガイは行動を定めた。もっとも家がばらけている箇所を見つけて、舌なめずりする。彼は楽しくて仕方なかった。生まれつき、不死身の肉体を持つ彼に他人の痛みなどわかるはずもない。

アンデッド化した女と人間の男との間に生まれた彼は、健全な肉体で人生を謳歌する者達が滑稽で仕方なかった。そんな連中が死に抗うのは正しくない。健全な肉体で生きたのだから、いつかは死ぬ。

理というルールから逸脱するなどおこがましい。自分のような特別な人間だけが、それを許される。デッドガイは自身を神格化していた。

「こんな村の一つや二つ、消えたところで誰も」

「森の空気はおいしいか？」

デッドガイとて警戒は怠っていない。木にもたれかかっているアイリーンがフランクに話しかけてきた。

　草木を揺らさず、一切の気配もなく。ここまでの接近をどうして許してしまったのか。

　デッドガイはこのわずかな間ですべて理解した。警戒していた女剣士がそこにいる。

　極剣だと直感できるほどの風格と圧を兼ね備えているのだから、さすがの彼も動揺を隠せなかった。

「……まさかの極剣かよ」

「あの村には世話になっていてな。心地よい場所なのだが何をする気だった？」

　デッドガイの決断は早かった。サーベルの抜剣からの居合い。木ごとアイリーンを真っ二つにする勢いだが――

「聞くまでもないようだな」

「チッ……。なんであんたみたいなのが……」

　当然、受けられる。デッドガイがいくら力を入れようと無駄だった。見えない巨大な壁に刃を押し当てているようであり、身を引いて体勢を立て直す。

　極剣は一級の中でも別格だ。等級の枠に収まらず、異例と評されたアイリーンのような者を特級と呼ぶ。ただしデッドガイには焦りこそあったが、勝算を見出していた。

「あんた、美人で強いらしいけどな、俺は殺せねぇよ」

視認できない速度でアイリーンがデッドガイを縦に真っ二つにした。

二つに割れたデッドガイだが直後、更に左右に分離する。二つの半身がそれぞれ手にもったサーベルで、アイリーンを挟み撃ちにした。

アイリーンの追加の横薙ぎで四等分されたデッドガイだが、まもなく分断された身体がくっつく。

「なるほど。不死身のデッドガイは伊達ではないか」

「怪我にゃ困ってねぇ。その代わり、痛みってやつをまるで理解できないがな」

「それは不憫だな」

「なんでだ？　俺に言わせりゃ怪我や病気一つでピーピー泣き喚いていちいち治そうとするお前らのほうが不憫だぜ」

アイリーンに自分は殺せない。たった一人で王国騎士団に相当する戦力を有する怪物にも不死身は通用する。

そう思い込んだ時、デッドガイは叫びたくなるほど快感を覚えていた。

「人ってのはいつか死ぬ。怪我や病気はそのきっかけに過ぎねぇ。これは生物が受け入れなきゃいけないルールだろ？　神様か何かが決めたんだからな。つまり無理にでも治そうとすりゃ、ルール違反だ。だからな……殺しは自然の摂理。殺せば死ぬだけ、誰が咎められる？　だから俺は悪くねぇ」

アイリーンの中に浮かぶメディの顔はいつだって笑顔だ。デッドガイとは対極の位置にいる彼女を侮辱されたのならば、アイリーンの怒りはいよいよ頂点に達する。

不死身を滅するプランもあったが、実際にデッドガイを目の当たりにして彼女の気が変わった。

「俺がこれから殺そうとしてる薬師ってのは一番嫌いだ。自然の摂理に反するクソ野郎はまさに害なんだよ。あ、女だったか」

「人はあって当然のものに感謝をしない。まさにお前だな。水や空気があることに感謝をする者はなかなかいない。生きる上で重要だとしてもな」

「へっ！　だったら教えてくれよ！」

デッドガイが高速で木々を縫うように移動する。彼の戦術はどちらかというと暗殺に近い。不死身の肉体に甘えて大胆な戦いなどせず、確実に仕留める。森の土を蹴って舞い上げて、アイリーンの視界を閉ざした。

舞った土をカーテンのように利用してサーベルが次々と突き出される。土が落ちれば今度は枝葉を斬って落とした。左右に加えて上下、やがて倒れてくる巨木。デッドガイは相手がどうすれば絶望するか、そればかり考えていた。

更にいくつかの玉が放り投げられて爆発。ここで本領発揮だ。

「そぅらッ！」

爆破の最中、爆心に飛び込んでアイリーンを襲撃した。突然の大きな音と光に対応できる奴なんていない。ましてや爆破に巻き込まれているのだ。デッドガイはここぞという時に不死身を活かして止めを刺すのだ。

これが必勝パターン、極剣さえも仕留められる。が、デッドガイの視界が森の夜空に切り替わった。

「づあぁッ！」

デッドガイが吹っ飛ばされて身体を木に打ち付ける。痛みはないが、事態の把握はできていない。

「……ん？　そこで手を止めてしまうのか？」

「ハ、ハハ……」

舞い上げた土も枝葉も倒れた巨木もアイリーンの周囲に散らばっている。爆破の痕跡もない。

そう、デッドガイの攻撃がどこかへ消えてしまったようだった。

「すまないな。あまりに遅すぎて、ゆっくりとかき消させてもらった」

「ま、まいった……。勝てるわけねぇよ」

不死身であるはずのデッドガイは一度として死を恐れたことなどない。自分は死とは無縁だ。そう信じていたはずだったが、体内から何かに摑まれる感覚を覚えた。

それは恐怖なのだが、デッドガイは生まれて初めて味わうものの見当などつかない。アイリーンが近づくごとに、ついに歯の根が合わなくなる。極剣のアイリーン、敵に回すべきではなかったのだ。

不死身の肉体にも伝わる極剣の圧を受け止められるほど、デッドガイの精神は鍛えられてなかった。

「な、なんだってんだ。俺の身体、震えてやがる、どうしちまったんだよ……」

「夜は冷えるからな」

「あ、待て、あのな。話し合おうぜ」

「望むところだ。ただし……」

デッドガイの股下に剣が突き刺さった。彼にアイリーンの攻撃速度を認識できるはずもなく、気がつけば頭まで剣が貫いている。

串刺しのような様になったデッドガイが手足を動かして慌てふためく。

「な、何すんだぁ！」

「この有様でも喋れるのか。確かにこれでは何も感謝しようがないな」

「こんなことしたって俺は殺せねぇよ！　諦めろ！　諦めろォ！」

「誰がお前を殺すと言った？」

アイリーンはデッドガイを刺したまま、村へと歩き出した。

「私はお前を生かす。そしてお前は目を向けるべきだったものを思い知る」

「なんだよ！　わ、わかるように言えよ！」

元々実力では敵わないのだ。そのアイリーンが何かを企んでいるとくれば、デッドガイの中にも不安というものが訪れる。ましてやこの状況では身動きが取れなかった。

「お前はおそらく不死身ではいられなくなる。それを可能にする人間があの村にいるのだ」

「は、はぁ？」

脅しだ。デッドガイはそう思い込もうとした。しかし、相手はアイリーンである。

まるでピクニックでも楽しむかのように山を下りて、向かう先はメディの薬屋だった。

26話　エルメダ、怒りの一撃

「デッドガイの奴、どこへ行っちまったんだか……」

デッドガイと別行動を選択したサハリサは、彼が言うように、大人しく待つことなどしない。デッドガイとは反対方向の山を下って、夜の村を目指した。村が近づくにつれて、灯りが見える。

まだ起きていると見込んだ民家に目をつけて、サハリサは舌なめずりした。考えていることはデッドガイと同じだ。村人を脅してターゲットの居場所を吐かせた後は殺す。万が一、ターゲットが不在であれば面倒だからだ。

すみやかに目的を達成したら、不審火に見せかけて村ごと焼いて完了するつもりだった。

「やっぱり焼かないとねぇ。こんなちっぽけな村、消えたところで誰も困らないさ」

サハリサは地図にも載らないような村を焼いたことがある。彼女が己の魔力を自覚したのはわずか七歳の時だ。この頃から自分は他の人間とは違うと思い始めた。

そしてケンカになった相手を大火傷させたことで人生は一変する。両親はサハリサを罵って捨てて、彼女は自分の家に火をつけた。

なぜ自分が魔力もない低俗な人間に叱られなければいけないのか。サハリサに一切の反省や後悔はない。何より炎で焼くと心地よかったのだ。どんなに屈強な戦士だろうと、焼けば死ぬ。甘い声で囁いて二股をかけていた男の顔を焼いたこともあった。

泣き喚いて悲観する様をサハリサは今でも思い出す。サハリサは炎によってすべてを奪われた人間が大好きだった。

炎はすべてを奪う。炎は偉大だ。魔法の中で炎こそが最強だ。ひたすら腕を磨いて昇華させた炎の魔法は彼女を更に歪ませた。

「そこまでだよ」

民家の扉に手をかけたサハリサが振り返る。暗闇であるがハッキリと認識できた。

子どものような体型をした尖った耳の少女、表情は生意気にも怒りに満ちている。なぜ嗅ぎつけられたのか。サハリサは質問したかったが憎しみのほうが勝っていた。

「あんた、エルフだね。こんな村で何をしてるんだい？」

「こっちのセリフだよ。あなた、炎狐のサハリサだね。そこの家に何の用？」

「あんたは？」

「エルメダ。この村で世話になってる者だよ」

「ちょっと道に迷ってね。泊めてもらおうと訪ねるところさ」

「この期に及んで信じるわけないじゃん」

それはサハリサもわかっている。それでも嘘をつくのがサハリサだ。

彼女はすべてに対して誠意を見せない。自分こそが最優先であり、だからこそエルフが憎かった。魔法に関しては完全に人間の上位互換。そんな風潮を垂れ流した者を根絶やしにしたいとすら思っている。

そのエルフが今、目の前にいるのだ。サハリサとしては自分の力を示す絶好の機会だ。

「あなたが誰かを殺しにきたことくらいわかってるよ。嫌な魔力だだ漏れで隠す気もないみたいだからね」

「なるほどねぇ。それでたまたま近くを通って気づいたわけかい」

「遠くからでもわかるよ。まさか隠し方を知らない……？　よく今まで捕まらなかったね」

サハリサは激昂した。エルメダに炎の尾を生やして、戦いの主導権を握る。

更に自身にも九つの炎の尾を生やす。個別に揺らめいて、その姿はまるで九尾の狐だった。

「わっ！　なんじゃこりゃ！」

「あんた達エルフは持て囃(はや)されているけどねぇ！　どうも魔法の工夫については無頓着みたいだ！　高い魔力にかまけて、こういう技がない！　あんたはお終(しま)いさ！　そのまま動くな！　動けば炎の尾があんたを焼く！」

サハリサは陽炎(かげろう)のごとく揺らめいて、複数の幻影を作り出した。熱の空間を作り出して掌握することで、相手を幻惑するのだ。九つの分身がエルメダを惑わすように、それぞれが散る。

一人は民家に、一人はエルメダに攻撃の構えを見せた。村人を見捨てないエルメダの弱みをサハリサは利用している。

「焼かれて死になぁあ！　ブレイジングッ！」

熱風の竜巻が炎を纏(まと)ってエルメダに発射された。

「光線(レーザー)」

すべてが消えた。分身も尾もブレイジングも、拡散してそれぞれの目標に向けて散った光線(レーザー)が役割を果たす。しかもそれだけではない。光線(レーザー)はあえて外していたのだ。本物が残るように、より後悔させる為(ため)に。

「……は、はぁ？　なに、なんだってのさ！」

「魔力は一点集中させれば精度が上がる。あなたのブレイジングは無駄が多い。あんなに風と熱をまき散らす必要なんかないからね。だから威力も中途半端だよ」

「え、偉そうにッ！　フレイムジェイルッ！」

エルメダが鳥かごのような炎に隔離された。そのまま炎の籠が縮小していく。

「アハハハハ！　熱だけで逝きそうだろう⁉　いくら魔法が強かろうと、生身じゃ限界さ！　炎には抗えない！」

炎の籠がエルメダを覆い尽くして、サハリサは今度こそ大きく高笑いする。自分の魔法がエルフに勝った。呼吸できず、熱で皮膚が焼かれて。無惨な姿になったエルフの死体を想像して涎を垂らしている。

「アハハハハ！　アハハハハァッ！」

「うん。熱いね」

ケロリとして話すエルメダの衣服すら無事だった。サハリサは膝の力が抜ける。

「私の魔法耐性って半端じゃなくてさ。この程度じゃ効かないんだよね」

「あ、あ、あんた、何なんだよッ！　おかしいじゃないか！　おかしいってぇ！」

「あなたの魔法って今一、なんか戦闘に向いてないんだよね。直接、殺すならもっといい方法があるのにさ。なんでだろうな――……？」

サハリサは常に相手を見下していた。どうすれば炎の脅威で怯えさせられるか。どうすれば苦しめられるか。そんなことばかり考えていたせいで、魔法が回りくどいのだ。そんな意識が、彼女の魔法を鈍らせる。

これが拷問対決であればサハリサに軍配が上がっただろう。彼女が自分の魔法と向き合って出した答えがそれなのだから。

「こ、このブスエルフがッ！　こうなったらこんな村ごと」

彼女がセリフを言い終えることはなかった。エルメダの鉄拳がサハリサの頬にめり込んでぶっ飛ばす。

アイリーンとの模擬戦を成立させた魔力による肉体強化だ。歯を飛び散らせて、サハリサは道端にだらしなく倒れた。

「言ってなかったっけ？　私、すごい怒ってるってさ」

エルメダが気絶したサハリサの足を掴んで、引きずって歩き出す。その一部始終を家から覗いていた村人はこの日を境にエルメダに対する印象が変わってしまう。次からはもっと食べ物をあげようと決意した。

27話　メディの覚悟

刺客襲来から一夜明けて、村長を含めた村の者達は拘束された襲撃者達を囲んでいる。デッドガイとサハリサ、冒険者達。サハリサはエルメダから目を逸らすようにして震えており、デッドガイは挙動不審だった。

視線が定まらず、少しの物音にも怯えている。村の集会場にて、村長が深くため息をついた。

「こんな村に物騒な連中が来たものよの。田舎の村としては温かく迎えてやりたかったが、殺し屋ではな」

「あ、あんた、この縄を解いてくれ！　し、ししし、死んじまう！」

「そんな大袈裟な……」

「くいこんで死んでしまうんだって！　あぁぁ！　そこに虫がッ！」

「アイリーン、こやつは一体どうしてしまったのだ？」

村長だけではなく、誰もがその異常な反応を訝しがる。とてもメディを殺しにきたような人間とは思えなかったのだ。

　しかし没収した武器を初めとした所持品が、彼がそちら側の人間であると示している。

「こいつの身体（からだ）は半分以上、アンデッドだった。痛みも感じず、血も流さない。しかも身体を真っ二つにしても再生する。これは上位のアンデッドに見られる性質で、実を言うと私も少し驚かされた」

「アンデッドは死に属する存在……。滅するには特別な手段が必要と聞くな」

「村長、よくご存じだ。しかし今の奴にその性質はない。メディによって人間の身体となった」

　村長達の視線がメディに集まる。アイリーンの依頼があったとはいえ、メディは自分を殺しにきた者を治療したのだ。

　メディからすればデッドガイの身体は異常そのものであり、治療に値する。憎い気持ちや恐怖はあったものの、結果的にメディの薬師（くすりし）魂に火がついてしまった。

　聖水を使用した治療薬はデッドガイの身体を浄化して、細胞を蘇（よみがえ）らせることに成功する。

　こうしてデッドガイは健全な肉体を手に入れたわけだが、何せ彼は今まで痛みというものを味わったことがない。連行する際にも石につまづいて、つま先を押さえて悶（もだ）えた。アイリーンに無理やり立たされた時にも叫ぶ。

彼はようやくこの世界の洗礼を受けたのだ。生きる上で味わう苦しみ、生きるとはどういうことか。死に属して生をあざ笑っていた彼にとって、すでに極刑が下されたようなものだった。

そんなデッドガイを横目で確認したサハリサは懇願するようにアイリーンを見上げる。

「な、なぁ。あたいら、これからどうなるんだい？」

「本気で質問しているのか？」

「い、いや。悪いことをしたって自覚はあるさ。だから謝るよ。もうあんた達に手を出さない。だから」

「話にならんな」

最強種の竜すらも射竦めるアイリーンの目だ。サハリサは言葉も出せず、口を動かすだけだ。無言で流す涙が彼女の計り知れない恐怖を表している。

「お前達が殺そうとしたのはメディだ」

「そ、そそ、そう、そう……です……」

サハリサはこの日、生まれて初めて敬語を使った。格上だろうが欺いてきた彼女が心の底から屈したのだ。

これがアバインと同じ一級か。世の中を軽んじたサハリサの後悔はあまりに遅い。

「サハリサさん」

「ひっ！　エ、エルフ！　エルフゥゥッ！」

「いや、そんなに怯えなくても。メディに謝ってよ。悪いと思ってなくてもさ」

サハリサがメディに向けて懇願するように頭を下げた。

「殺そうとしてすみませんでしたぁ！」

「……ボロボロですね。栄養が偏ってます。特に糖分ばかり摂ると最悪、失明しますよ。足を切らなきゃいけなくなります。そうなると、どんな薬でも治せません」

デッドガイは救ったものの、サハリサの態度でメディは冷めてしまった。何よりデッドガイと彼女では決定的な違いがある。

「生活習慣を見直してください。それなら間に合います。お薬は出しません」

ぷいっとそっぽを向いたメディに村人が目を丸くする。ここまで冷たい彼女を見たのは誰もが初めてだ。お薬、出しますのセリフを言わせせない外道がそこにいる。もし自分達がメディを怒らせることになったら、と誰もが冷や汗をかいた。

生活習慣などこれから嫌でも改善される。メディはそこまで考えて発言したわけではないが、少なくともデッドガイとサハリサは然るべき場所に引き渡すと皆で決めていた。

警備隊の隊長を務めるドルガーが大きくあくびをしている。

「で、アイリーンよ。そいつらをイラーザって女と一緒に突き出すのか？」

「そのつもりだ。この際、メディの為にも鬱陶しい禍根はすべて取り除いておきたい」

「そうなると、だ。メディはイラーザって女と直接対決することになるかもしれねぇな。メディ、どうなんだよ？」

「覚悟はあります」

自分の為にアイリーンやエルメダ、カノエ、村の皆が一丸となってくれたのだ。いつまでも怯えてばかりいられない。カノエに教えられて、立ち上がることができた。

単にイラーザのことだけではない。おそらく杜撰な状況となっている治療院の患者達を救いに行く。カルテの写しを持って、再びあの治療院に向かうと決めた。

「ではメディとロウメルさんのお二人がしばらく不在になるのぅ。村の者達には体調管理には気をつけるよう注意喚起しておこう」

「私もできるだけお薬を調合しておきます。村の方々の健康状態は把握しているので、お一人ずつ用意しておきますよ」

「すまないな。費用はワシが持とう」

メディはグッと拳を握った。治療院の患者を助けたいという名目ではあるが、イラーザとの衝突は避けられない。

争いを好まないメディにとってはイラーザという障害が大きかった。

「メディ。道中の護衛は私とエルメダがつく」

「アイリーンさん、ありがとうございます。ここまできたら迷っちゃダメですよね……」

「お前は正しい。しっかりと後ろを支えてやるから堂々と立て」

「は、はい！」

村の警備は引き続きドルガー隊が行う。頼もしい仲間の存在を再認識したところでメディは気づいた。

「そういえばカノエさんの姿が見当たりません」

「む、そういえばそうだな」

聞けば昨夜から彼女の姿を見た者はいなかった。誰にも告げず、どこへ行ったというのか。一抹の不安はあったものの、今はアイリーンとエルメダがいる。メディが何とか安心する一方で、アイリーンはカノエについて考える。決して底を探らせない彼女の本質を思えば、自分には及びもつかないことを思いついたのだろうと自己完結した。

28話　月下の鮮血

少年が生まれた国では公開処刑が娯楽だった。窃盗犯や殺人犯だけではなく、中には無実と疑わしい人物も含まれている。しかし人々は彼らを等しく非難した。

少年もまた娯楽を待ち望んでいる人間の一人だ。

見苦しい命乞いも虚(むな)しく、ギロチンの刃が罪人の首を刎(は)ねる瞬間こそが何よりの快楽だった。少年の将来の夢は死刑執行人だ。

そんな少年の夢はすぐに儚(はかな)く消える。ある日、断頭台にかけられたのは自分の父親だった。雑な状況証拠から適当に容疑者としてでっちあげられたと知ったのは、少年が成人してからだった。

後に真犯人が処刑されたからである。もちろん国からの謝罪もない。彼はこの時になって気づいた。正義とは不定形であり、場合に応じて姿を変える。それならば自分が正義を執行すると彼は目覚めた。

処刑人と呼ばれるようになった男はカイナ村の最寄りの町にて、昔のことを思い出していた。彼もまたメディの存在に辿りついている。

彼を雇いたがる権力者は多い。裏の世界にて、処刑人は数々の暗殺を成功させた。

彼自身、権力には興味ないが金と処刑のワードさえ揃えば何でもやる。王国の陰で暗躍する最強の殺し屋、通称処刑人。が、彼はその姿を現すのに躊躇しない。

町の酒場でただ一人、果実水を飲んでいる彼を近くの席に座っている男達が冷やかす。

「見ろよ、あのコート野郎。恰好もおかしいが、ジュースだぜ」

「おーい！　オレ達が酒でも奢ってやろうか？」

処刑人は答えない。男達がカウンターに座る彼の元へきて、肩を摑んだ。

「おい、人が奢ってやるって言ってんだ。その態度はなんだ？」

「遠慮する」

「喋れるんじゃねえか。だが遅ぇ。表へ出な」

処刑人は男達によって路地裏に連れ込まれた。

「イラつかせんじゃねえよ。まぁ出すものさえ出してくれりゃ許してやるけどな。ほら、とっとと出しな。そのだせぇコートはいらねぇからよ」

「これは便利だ」

処刑人が腕を振るった時、男達が袈裟斬りにされた。飛び散った血がコートにかかるが、付着することなくするりと落ちていく。

「あぁ、い、でぇ……」

処刑人が男の一人の前でゆっくりとしゃがむ。その頭を愛おしそうに撫でて囁いた。

「最後に言い残すことはあるか？」

「は……いでぇ、たすけ、て……」

「死刑を執行する」

男の首が転がった。その惨劇を目の当たりにした他の男達が叫ぼうとするが、声が出ない。

「そこで何をしている！」

警備兵達が駆けつけて、処刑人を睨みつける。不穏な雰囲気を感じた酒場の客が予め通報していたのだ。が、警備兵達が二の句を継げることはない。全員の首が湾曲する刃によって刎ねられたからだ。

「処刑の……邪魔をするな……。私は処刑人だッ！　私が正義だ！」

呼吸を荒らげて、処刑人は警備兵の死体を切り刻む。血塗られた路地裏にて、処刑人が呻いた。

なぜこんなにも満たされないのか。自分は何を目指していたのか。その時、思い出した。彼がこの世界に身を投じた時、同じく正義を執行していた闇の住人の名だ。

「あのお方だ……。あのお方もまた正義……」

「こんにちは」

直前まで何の気配もなかった。その人物は処刑人の背後に立っていた。闇を彷彿とさせる装束を着込んだカノエが、処刑人に微笑みかける。処刑人は手を止めた。こちら側の人間だと認識しただけではない。

今までこうも簡単に接近を許したことがあったか。何より血まみれの惨劇の舞台において、これほど似合う美女もいない。処刑人は目を細くして、カノエを目の保養としている。

「ここだと邪魔が入るから場所を変えましょう」

相手がカノエでなければ、処刑人もそのような提案は受け入れない。瞬殺して立ち去ればいいからだ。それが不可能と判断した上に、処刑人はカノエに興味を抱いている。

これほどまでに美しい闇の住人がいるとは、などと人並みの情欲はあった。

やがて二人は町の塀を軽々と越えていく。町から大きく外れた雑木林の中にて、闇の者達は改めて顔を合わせる。

「あなた、賞金首の処刑人でしょう？　ずいぶんと名前を売ってるみたいね。これまでに四百人以上を殺していて、しかも基準は不明。老若男女、お構いなし。ただのサイコかと思えば、一級冒険者、王国騎士、魔道士団を一通り返り討ちにしている実力者ね」

「……気に入った」

「あら、エスコートしてくれるの？」

「処刑の保留を考えさせた女はお前が初めてだ」

処刑人は両手を広げて、カノエを迎え入れようとポーズを取っている。カノエは処刑人と呼ばれる男を観察した。自分の見当が正しければ、彼こそが目星をつけていた人物だ。

自分が生み出してしまったモンスターとなれば、駆除するしかない。それが彼女の過去に対する清算だった。

「私は死刑を待たされる囚人というわけね。あなた、モテないでしょ」

「私は処刑人だぞ……」

「なに？」

「この私が、処刑人が保留にしてやるとッ！　言っているのだぞッ！　お前はァァァァッ！」

処刑人が武器を抜いた。金属であり、鞭のようにしなる刃がカノエを襲う。本来であれば痛めつけて動けなくした後、お決まりのセリフを叩きつけるのだ。

それこそが彼の娯楽だが、今は怒りしかない。自分は処刑人という絶対的な立場であり、誰もが畏怖するのが当然だ。死刑執行前に処刑人を嘲る者などまずいない。処刑人にとってカノエは死刑囚だ。

死刑囚であれば処刑人である自分の情けを喜んで受け入れるべきだと本気で考えていた。蛇のように刃が軌道を変えて、辺りを切り刻む。逃げ場などない。逃れた者などかつて一人もいない。これで決まったと油断した時だ。

「ふぅん、変わった武器ね。素材はナルメル鉄かしら。でも、よく見たら継ぎ目があるわね」

「むぅん⁉」

「面白い声を出して振り向かないでよ。笑っちゃうでしょ」

処刑人の武器の一部が割れた。カノエが持つのは三日月型の短刀であり、それが今ここにあるすべてだ。蛇のような軌道をカノエは見切って、短刀で弾いてかわしていた。

処刑人も理解したからこそ、まったく身体(からだ)が動かない。あり得ない。どうして。ありきたりの心境だった。

「昔ね。一人の少女がとある国同士の戦争に巻き込まれて両親を亡(な)くしたの。その戦争は長年、続いて犠牲者を出し続けた」

カノエが語り出す。処刑人はカノエが人間とは思えず、そのシルエットが歪んで見えた。人にあらず。人だとしても、人だったものだ。彼自身、一度として遭遇したことのない異界の何か。処刑人はカノエの言葉を耳に通すのみだ。

「少女は嘆いたわ。自分の無力さ、そして大切な両親を奪った戦争を……国を憎んだ。過酷な世界を一人で生きて、ずっと腕を磨き続けた。そのうちにね、その筋の世界で認められて方々から誘いがあったわ。少女は生きる為に殺し続けた。お母さんがいつも身に着けていた三日月の耳飾りだけを拠り所にしてね」

処刑人はそこにいる何かが何なのか、ようやく理解した。すでに討伐されたという事実すら否定できる。表向きの情報を信じる闇の者などいない。

やはりそうだ。生きていた。処刑人の目にはカノエの耳飾りだけがくっきりと浮かび上がっている。

「少女は成長して、戦争に介入した。両軍の兵隊を片っ端から殺して回った。だけどいくら殺しても何も満たされなかった。国王を暗殺しようが、関わっていた国の重鎮を殺そうが何もね」

「デイデスタ、グロシアの……二十年戦争……」

「そう、おそらく片方があなたの出身国ね」

「……ッ⁉」

　自分がよろける様など処刑人は誰にも見せたことなどない。

　そこにいる何かの正体など聞かずともわかる。かつてたった一人で戦争を終わらせた闇世界のカリスマ。生き残った者達はなぜか一様にとある言葉を囁く。

「バッド、ムーン……！」

「グロシアの公開処刑は各国から問題視されていたわ。やがて起こる連続殺人事件もきっと国が生み出した怪物が犯人……」

「ハハ、ハハハハハハッ！　バッドムーン！　あなたを待っていた！」

「当時の私は考えもしなかった。自分が誰にどんな影響を与えているか。後にろくでなしが続いて悪さをしたとなれば胸も痛む。だからね……」

　処刑人の手首が斬り落とされた。見えるはずがない。対応できるはずがない。

　膝をついて首を垂れるのみだ。処刑人は尚も笑った。しかし呼吸が困難となり、全身が激しく痙攣する。

「せめて今からでも、まともに生きるって。そう決心させてくれる人が現れたの。大きな手で私の手を取ってくれた」

「バッド……ムーン……。ぜぇ……ぜぇ……」

「私が今でも人間でいられるとしたら、その人のおかげよ」

「闇世界の……星……私は……待っ」

処刑人の言葉は途切れた。カノエは手早く手首を回収して、頭を切断する。

「グロシアや私があなたを生んだなら、賞金は未来へ投資する。人を生かしたがる子にね」

処刑人という悪魔を殺したことで、カノエにわずかにでも償いの気持ちが芽生えないこともない。だが、それで血塗られた過去が消えてなくなるはずもなく、死んだ人間は生き返らない。そうとわかっていても、償いなどという自己満足にカノエは嫌悪(けんお)する。

そんなもので消せるほど自分の罪は軽くないと、カノエは自嘲して立ち去った。

29話　イラーザの嘆き

イラーザは連日、寝不足だった。ストックしてあった酒も尽きて、暴れ回った。

室内の家具はひっくり返って、調度品の類は破壊の跡が著しい。風呂にも入らず、寝付けず。

イラーザの頭の中は自分の不穏な未来で埋め尽くされている。それもそのはず、メディの殺害を依頼した者達の大半が捕まったのだ。デッドガイとサハリサだけは取り逃がしたと聞いたが、イラーザにとっては危機的状況だ。

捕まった者達は洗いざらい喋るだろう。少しでも自分達の罪を軽くするために、大袈裟にことを語る可能性すらある。

なぜこうなった。どうして。自分の何がいけないのか。保身ばかりが先行して、根本的な原因に辿りつかない。

「こんな時に治癒師協会は何をしてるのよ……！　レリック支部長だって協力してくれたのに！」

治癒師協会の『氷』のレリックは若くして支部長の座に上り詰めた異才だ。近年では失った部位の再生研究まで行なっており、各国からの注目を集めていた。

そんな人物が自分に味方したという事実だけがイラーザの心のよりどころだ。

「学院に通っていた頃……中等部でも私に敵う生徒はいなかった。高等部なんて時間の無駄、私はいち早く社会で輝くべき人間……レリック支部長だって見抜いていたはずよ……」

成績は常にトップで、教員達も手放しでイラーザを称賛した。今の治療院に勤めてからも誰も彼女に口出しできず、牙城を築き上げたという自負がある。

その牙城が今、崩壊に向かっているなどと認めたくなかった。イラーザはベッドの上で頭を抱えて悶える。その原因を突き詰めれば、やはりメディだ。

「あのクソガキさえいなければ……！　あの無能ロウメルがヘラヘラしてあのガキを雇った時からおかしくなったのよ！」

髪をぐしゃぐしゃにかき乱して、イラーザは必死に考える。

もう手はないのかと考えて、ふと一つの可能性に思い至る。これだけ時間がかかっているのならば、町長も証拠を集めきれていないのではないか。

そう、結局は証拠だ。それさえなければ自分は潔白でいられる。誰がどう喋ろうが関係ない。殺人依頼にしても、いくらでも言い訳は立つ。殺せなどとは言ってないと、イラーザは今から口実を考えていた。

デッドガイとサハリサがどうしているかは知らないが、仮にしくじっても同じだ。成功すれば御の字。都合よくイメージすることによってイラーザは何度も精神安定を図ってきた。

「フフ……。そうよ、私は何も悪くない。あの町長だって結局、何もできない」

イラーザはベッドから下りて窓の前へ立った。警備兵達が家の前で何かを囁き合っている。暇すぎて立ち話でも始めたのかと、イラーザは勝ち誇った。このまま逃げ切ればいい。何をどう相談しようと無駄だと思いつつも、その会話内容が気になった。イラーザは窓を少しだけ開けた。

「……しかし驚いたな。俺の慢性の腰痛が一瞬で治ったんだからよ」

「俺の腕の痛みも消えたぜ」

イラーザはその会話内容に違和感を覚えた。治療院は今、閉鎖しているはずだ。

イラーザの予想からはだいぶかけ離れている。治療院を閉鎖したことによって、この町の連中は困っているはずだ。そうなればいずれ彼らが決起して町長を非難しかねない。しかし今の今までそうはならなかった。

実際には町長はその辺りにも手を打っており、今は他の町から派遣された者達が医療を担当している。

「今、行列がすごいらしいぜ」

「そりゃ治療院があんな状態じゃな」

「ありゃ回復魔法なんか問題にならんぜ」

イラーザの目が見開かれる。自身のアイデンティティともいえる回復魔法を貶(けな)されただけではない。少なくとも治癒師ではない者が医療行為を担当しているという事実が判明してしまった。

居ても立ってもいられなくなり、イラーザが家を飛び出すと警備兵達に捕まってしまう。

「コラッ！　勝手に家を出るな！」

「回復魔法が問題にならないですって⁉　どこの誰に治してもらったのよ！」

「落ちつけ！　知ってどうする！」

「この目で確かめるのよ！　回復魔法じゃなけりゃ何なのッ！」

屈強な警備兵達に取り押さえられてもイラーザは抵抗した。そんな中、目の前を数人が駆けていく。

「走れ！　お前の持病も治るかもしれないぞ！」

「そんなに凄(すご)い人が来てるの？」

「あぁ！　前にこの町にいた薬師だ！　この町に帰って来てくれたんだよ！」

腕がいい薬師。これほどまでにイラーザの神経を逆なでするフレーズもない。前にこの町にいた薬師。イラーザが心の底から見下していた存在だ。何をするにも素材が必要となり、一から作らなければならない。

そんな手間を回復魔法はすべてすっ飛ばせる。しかし彼女が目の仇にした少女は瞬く間に治療院で成果を上げてしまった。イラーザにとっては受け入れがたい現実だ。何か落ち度がないかと探るも、なかなか見つからない。

そこで目をつけたのが、物理的にあり得る事故の捏造だ。人の手で薬を作るならば、間違える可能性がある。誤って毒物を作ってしまうこともある。

そんな前提を元にイラーザは決行した。薬師の少女に毒物製造の容疑をかけることで、自らの地位を確固たるものにしたのだ。しかし――

「君達、何をやっている」

「町長！　この女が暴れたので取り押さえてます」

町長が護衛を引き連れてイラーザの前に現れた。その表情は険しく、イラーザも身体の内側から冷える感覚を覚える。

「そうか。だがすぐに暴れる自由すらなくなる」

「と言いますと？」

「イラーザを詰所へ連行しろ。明日、すべてが片付く」

イラーザは顔面蒼白だった。町長の表情の意味がわかってしまったのだ。彼はすべてを握っている。自分の運命を決断できる何かを持っている。

そう確信した時、イラーザは力の限り吠えた。その奇声を耳障りに思う者達はいても、誰一人として心を揺さぶられない。

「あのクソガキィィイ！　何をいけしゃあしゃあと戻ってきてんのよ！　ふざけんじゃないわよ！　ねぇ！　聞いてんのッ！」

「大人しくしろ！」

「うるせぇぇぇぇ！　あぁぁぁぁクソクソクソクソクソクソォォォォ！　キイーーーーッ！」

「ホントうるせぇ……」

取り押さえられながらもイラーザは叫ぶ。なけなしのプライドを振り絞って叫んだところで、誰の耳にも届かなかった。

「おい、おばさん。静かにしないとマジで一生鉱山労働になるぞ？」

「こ、鉱山、労働……？」

考えられないそのフレーズに、イラーザはついに思考停止してしまった。

30話　裁きの時

町の裁判所には多くの者達が集まっていた。この町、唯一の治療院で起きた事件である。傍聴席は満席であり、アイリーンやエルメダもいる。証人席にはメディとロウメルが着席していた。

被疑者はイラーザやクルエ、パメラ。そして彼女達に加担した治療院関係者。薬師(くすりし)ブーヤンは毒物事件以降に雇われたが、被疑者側だ。彼によってもたらされた薬害も軽くはないとみなされており、町長はこれを機に一網打尽にする考えだった。

イラーザは爪を噛(か)んで落ちつきがなく、クルエ達はすっかり怯(おび)えている。

「……以上が事件の概要だ。犯行内容の正否について申し開きがあれば聞こう」

「ど、毒なんて用意してません。何かの間違いです」

「私はイラーザに脅されたんですよぉ！」

「私もです！」

「イラーザはあまりに横暴で」

「静粛に」

裁判長の冷淡な一言が彼女達の見苦しい様を静める。イラーザの牙城にて、彼女に平伏していた者達が完全に取り乱していた。

特にクルエの変わり身はメディから見て、あまりにひどい。メディはクルエなど、イラーザを肯定するだけの人間としか認識していなかったのだ。

それが今や保身に走ってイラーザをつき落とそうとしている。他の者達も同様だ。恐ろしくて従っていたとはいえ、それならばもっと早く手を切るべきだった。

細かい事情は知らないアイリーンでも、メディと同じことを考えている。切り時を見極められなかった時点で、イラーザと同類だ。

そんな中、薬師ブーヤンだけはあくびをしていた。

「あのー、これって長いんですか？　俺、これから予定あるんすよね」

「事件と無関係な発言は慎みなさい」

「いやいや、意味わかんねえっすよ。なんで俺が」

「以降、不適切な発言と見なせば有罪判決も考慮する」

「は、はぁ……!?」

無茶苦茶だと言おうとしたブーヤンだが、後ろに控えているのは警備兵だ。さすがの彼も冷や汗をかく。

なんで自分が。その思いは変わらないものの、発言を飲み込むだけの圧を感じていた。

「……それでは証人ロウメル」

「はい。院長を務めさせていただいた当時の被疑者達についてお話をしましょう」

ロウメルの口から語られたのはイラーザの勤務態度だけではない。クルエ達、看護師達のそれを詳細に語った。

年数が経つにつれて患者に対する横柄な態度が目立つようになり、休憩室でさぼる。薬師であるメディに昼食の買い出しを押し付けたこともあった。

クルエ達もその行為に乗っており、同罪であることも付け加える。一方で患者の容体はあまり変わらず、治癒魔法の腕については昔から懐疑的であったと話した。

「……以上です。もちろん院長だった私にも責任はあると自覚しております」

「ふ、ふざけないでよ！　この私がいなかったら、あんたなんかとっくに治癒師協会を叩き出されてるわよ！　ていうか今までどこにいたの！」

「ロウメルさん！　私だってイラーザに買い出しを押し付けられたんですよ！」

「静粛に」

イラーザ達の喚きなど通らない。続いてメディが指名されて席を立つ。

その瞬間、イラーザの瞳に憎悪の炎が宿った。飛びかかりたい衝動を隠し切れず、歯を食いしばっている。

「私は毒を調合していません。それに毒といっても色々あります。特にイラーザさん達のような知識がない方が用意できるものとなれば限られています」

「このクソガキがッ！　こんな時だからって調子に乗ってんじゃねぇわよ！」

メディはずっと毒の正体について考えていた。イラーザのような素人が用意できて、尚且つ彼女の資産内で手に入れられるもの。消去法で複数の候補を思いついていた。

「今から私が毒の名前をあげます」

「だから証拠なんかねぇっつってんだろうが！　この薬漬け頭がッ！」

「静粛にッ！」

裁判長の怒声が事態の酷さを物語っている。彼とて人間だ。立場上、中立ではあるが人間性を隠すにも限界がある。メディはイラーザに目もくれず、毒の名前をあげていく。そのうちの一つに町長が反応を示した。

「裁判長」

「町長、発言を許可する」

「使われた毒はメディがあげた中のイビラです。仕入先も把握しておりますし、購入者の顔と名前も判明しております。おい、連れてこい」

　町長が警備兵に指示をすると、奥から後ろ手に縛られた男達が連れてこられる。毒物の販売元であり、人相が悪い見た目からしてまともな筋ではないと誰もがわかった。

　町長が特定するのにもっとも苦労した者達だ。これに手間取り、今日までイラーザ達をこの場に引きずり出すのが遅れていた。

「か、買ったのはそこの女です……」

「し、知らないわよ！　あんた誰よ！」

　男に白状されたクルエは叫んだ。当時の状況、売買場所。男は詳細に喋(しゃべ)る。元冒険者のクルエは伝手(つて)を利用して、男達に近づいた。そして手頃な毒物を彼らから買っている。

　具体性を帯びた男の発言は一つの有力な証拠となった。更にメディが畳みかける。

「当時、治療院で扱っていた薬を見ていただければおわかりになると思います。その中にイビラを調合できる素材は一つもありません。治療に使用していた薬についてはそちらのカルテに記載されています」

「カ、カルテですってぇぇーー……？」

　ロウメルから貰(もら)ったカルテの写しだ。イラーザは処分したはずだと何度も頭をかきむしる。今の彼女に写しの存在を認識できる余裕などなかった。カルテは予(あらかじ)め提出してある。

裁判長も事前に目を通しており、メディの仕事ぶりも同時に把握できた。これほどの薬師がこの町の治療院にいた事実を彼は知らない。

なぜ今の今まで知らなかったのか。裁判長は私的な感情を抑える。

「こちらにはブーヤンが赴任した後のカルテがある。情報の抜け落ち、判読不能な文字。明らかに少ない枚数。差は歴然だ」

「そ、そんなもんテキトーでいいじゃないっすか」

「……最低ですね」

メディはブーヤンに嫌悪感を抱く。彼の身体に纏わりついているとある臭いも後押しする。その上でメディはブーヤンに薬師を名乗る資格すらないと結論を出す。

「え、よく見たらかわいーじゃん。イラーザさんもブスだなんて言いすぎ」

「患者さんに関心を持たない人に薬師なんて務まりません。それに臭いでわかります。大量のグリーンハーブの使用、適量を考えてませんね。更に抽出が不十分だと、そういうカビみたいな臭いがつくんですよ」

「え、え……？　カビなの？」

「グリーンハーブは便利で効き目がいい素材ですが、患者の体質などを考えないと毒にしかなりません」

メディの声質には傍聴席の者達もわずかに身を震わせた。薬師としての力量が言葉に表れている。素人にすら、メディの薬師としての格が伝わっていた。

「個人的にイラーザさんより嫌悪します」

アイリーンやエルメダはこのメディの低い声を聞きたくなかった。彼女には明るくいてほしいと思っている。しかし今はこの場に出ることを選択した彼女の意思を尊重した。

「な、なんだよぉ……。俺だって、一生懸命……」

楽観していたブーヤンの目には涙が溜(た)まっている。

アイリーンとエルメダはメディの勇ましさに感心した。優しいだけじゃない彼女の強さはこういった場でなければ見られない。

物怖(ものお)じせず、悪辣な同業者を涙目にさせてやり込める。薬師としての力量が説得力をもたせて、ブーヤンを崩壊させた。高名な薬師の下にいたとは名ばかりだ。修業をさぼって破門されたものの、薬師を名乗っていた図太さだけがある意味で長所だった。

「本件において、イラーザ及び犯行に加担した者達の罪は決して軽くはない。イラーザ、申し開きはあるか？」

「ど、毒の入手ルートだってあの男達が言わされてるだけよ！　町長に脅されているんだわ！」

「町長、どうか？」

「……では」

更に法廷の場に一人、現れた。治療院に勤めていた元看護師である。イラーザは当然、見覚えがある。自分帝国を築き上げる上で彼女も配下としていたが、メディ解雇直後に田舎に帰るという理由で退職していた。

それがなぜ。イラーザはまたもや嫌な予感がした。

「イラーザ。彼女に見覚えがあるか？」

「知らない、知らないわ。誰？　まさかそいつも脅してあることないことを喋らせるわけ？」

「そうか。お前らしいな」

町長は元看護師に指示を出す。彼女は一つの瓶を持っていた。イラーザは凍り付く。見覚えがあるどころか、それこそが決定的証拠となるからだ。

「イラーザ。毒物を使用した後、処理は誰に任せたか覚えていないようだな」

「ウ、ウソ……。なんで、なんでぇぇー！」

「人間を軽んじて、自分に従う者ばかりを囲っているからそうなる。自分の昼食すら他人任せだ。だから詰めも甘い」

「違う！　知らない！」

「いくら叫んだところで、証拠がいくつも揃っている。最終的に誰がどう判断するか、考えればわかることだ」

イラーザはついに膝をついた。なぜ今になって。あの退職理由は嘘だったのか。震えが止まらない彼女を無視して、町長は続ける。

「彼女はお前の横暴をずっと恐れていた。毒物事件の時も従ってしまった自分をずっと責めていたようだ。だが、きちんと証拠だけは持ち帰っていた。自分も同罪になると知りながらな。彼女に行きつくまでなかなか苦労したよ」

「あ、あ、あ……」

「そして、次はだな、ダメ押し、というには小さいが……」

拘束されたデッドガイやサハリサ、冒険者達の登場でイラーザは完全に頭が真っ白になった。この後の展開など、想像するまでもない。殺人依頼が発覚してしまえば、ダメ押しどころではなかった。

「彼らはイラーザから明確に殺人を依頼されたと言っている。報酬まですべて詳細に話してくれたよ。彼らを雇う過程で複数の目撃証言がある為、繋がりそのものは否定できないだろう」

「わ、私達は関係ないですよ！　それこそイラーザが勝手にやったことです！」

イラーザの代わりにやはり騒ぎ出すのはクルエ達だ。彼女達はイラーザに従ったことを心の底から後悔している。強きに流されて、己の意思を律さなかった結果だ。目の前にある安住と甘い汁だけを追い求めてしまった。

何もかもが遅い。獣にすら劣る。往生際の悪さをアイリーンはただ静観していた。

「殺人依頼はマジで私達は知らないんですよぉ！　裁判長！」

「静粛に」

「イラーザに協力してしまったことは認めます！　だけど殺人依頼は」

「静粛にっつってんだろうがッ！」

これほど場が静まったことなどない。いくつもの案件を取り扱ったことはあるものの、裁判長は常に自分を律してきた。

反吐が出る事件もあった。それに比べて今回の事件はかわいいものであるが、ここまで浅ましく騒いだ者達などいなかった。

最後は静かに罪を認めるか、沈黙するか。開き直る者もいたが、今回は本当にうるさい。裁判が思うように進まないストレスもあって、限界がきてしまった。

イラーザが床に手をついたまま、裁判長を見上げる。

「ち、治癒師協会……王都支部の、レリック支部長に問い合わせれば……。あの人は私を認めてくださったから……」

「レリック支部長から手紙を預かっている。読み上げよう。『本件はすべて院長イラーザの独断であり、治癒師協会は関与しておりません。しかしながら治癒師協会として、今後は彼女のような人物を出さないよう再発防止に努めます。町の方々にはご迷惑をおかけしました』だそうだ」

「へ……。そんなの、許されるの……？」

「いずれにしても本件とは何の関係もない」

アイリーンは呆(あき)れた。わざわざ定型文をよこすくらいなら沈黙を貫いたほうが賢いと思ったからだ。関与していないとはいえ、治癒師協会の実態もおのずと見えてくる。氷のレリックといえばその異名の通り、腕はいいが血が通っていないと噂(うわさ)されている人物だ。

ロウメル失脚にも一役買ったと聞いていた彼女は目を瞑(つぶ)って小さく息を吐いた。

「あ、あの、私ね。メディちゃん」

「……はい？」

「私、あなたに謝るわ。あなたに嫉妬していて……どうかしていたのよね。私、熱くなると昔から変なことばかりして……」

イラーザによる突然の猫なで声だ。メディでなくとも面食らう。まるで子どもに語りかける母親のような優しい口調とも受け取られて、それが逆に白々しさを演出していた。

「あなたには悪いことをしたわ……。あなたの腕前は私より上よ、本当よ。ねぇ、そうでしょ。だってあなたのおかげで助かった人がいるんだもの。ねぇ、そうよね」

「静粛に」

「ごめんなさい。この通り、謝るわ。ごめんなさい、すみませんでした。二度としません。反省してます。申し訳ありませんでした」

裁判長は怒りを通りこしている。一方、メディはイラーザに何の感情も見せていない。怒りか呆れか、真顔でメディは口を開く。

「あなたを見ていると、すべての人達が救われる必要はないと思えてきました」

「そんなこと言わないで！　ねぇ！　謝ってるのよ！」

「それでも私は薬師を続けます。ここには私のおかげで助かったと言ってくれる人達がいます」

「私だって助かったのよ！　ねぇ！　お願い！　許してェ！」

アイリーンとエルメダは気恥ずかしくなる。以前ならば自分の功績を口にすることなどなかったメディだ。二人はそんなメディの成長を、それこそ母親のように喜んでいた。

「さようなら、イラーザさん。もう二度と会うこともないでしょう」

「そんな！　だから謝ってるじゃない！　ねぇ！」

裁判長は頃合いを見計らってここらですべてを終わらせようと切り出す。

「君達の態度も考慮して判決を下そう。まずは被告人イラーザ。本件において毒物使用による悪質さは言うまでもないが、その影響は大きい。治療院の運営に支障をきたして、町の医療事情にも打撃を与えた。助かる命も助からず、あまつさえ治療院の資産を使い込む。果てには殺人依頼と情状酌量の余地もない」

一息、置いてから、裁判長は重い口調で裁きを下す。

「判決を言い渡そう。被告人イラーザ、鉱山にて無期限の強制労働を科す」

「ウ、ウソ、嫌、嫌よ！　いやぁぁぁーーーーーーーーッ！」

イラーザの絶叫をよそに残りの者達にも順次、判決が言い渡された。クルエ以下、共犯者達は十年の鉱山労働。

患者の容体を著しく害したとされるブーヤンは八年。証拠となる瓶を持っていた看護師は五年。

そして殺人未遂となったものの、デッドガイとサハリサには極刑が下される。尚、彼らに与した冒険者達や薬を販売した者達は、極刑は免れたものの無期限労働を言い渡された。

31話　その名は広く、遠くまで

「この度はご足労いただいて感謝する」

　頭を下げるべきは自分だとメディは思っていた。町長宅に招かれたので、礼を言おうと思っていたのだ。町長の感謝の意味がわからず困惑した。

「あの、私のほうこそ」

「治療院という重要施設の惨状への対応が遅れたのは町長である私の不手際だ。何の言い訳もできない」

「ち、違います！　私がもっとしっかりしていればよかったんです！　あの人に……イラーザさんにいいようにされて、何もしなかった私が」

「君は何も悪くない。頼むから君は自分を責めないでほしい」

　町長は額の汗を拭って疲弊した表情を見せる。今日に至るまで、彼は寝る間も惜しんで今回の事件を捜査したのだ。使える人脈はすべて使い、違法集団とことを構えて負傷者も出した。おかげで一斉に捕まえられたものの、今度は口を割らせるのに苦労する。

それは友人であるロウメルに頼られなかった自分への責め苦でもあった。彼が自分に何も告げず、町を出てしまったことを悔やんでいる。

そのロウメルも思うところがあり、町長の手を握った。

「すまない。頼るべきは君だった」

「いい、いいんだ。君こそよくやった……」

二人が涙ぐんで励まし合う。ロウメルは町長に迷惑をかけたくなかったというのもある。あそこで町長を頼れば何らかの癒着を疑われることになる為、友人の立場を優先した。

そんな二人の前にメディが申し訳なさそうに立つ。

「……私は治療院を追い出されて、それで終わりにしたつもりでした。ですがお二人は戦ってくれました。ロウメルさん、あなたのカルテが私にきっかけを与えてくれたんです」

「私も迷ったのだ。あんなものを持ち出してメディ君の為になるだろうか、と。君の新天地での生活に水を差すことにならないかと……。あそこで出会えたのは何かの縁だろうと今でも思う」

「け、結果的によかったんです！　私はカルテを貰うまで、自分の生活のことしか考えてませんでした。残された患者さんを思わないようではお父さんに怒られちゃいます」

背負いすぎているとアイリーンは心の中で呟いた。薬師であろうとするほど、メディはメディでいられなくなる。

薬師として、患者の為に。それは自分を殺すことと表裏一体でもあった。だからこそ彼女には周囲を頼ってほしい。自分を大切にしてほしいと願っている。

「イラーザさんを止めなければ、どうなっていたか……。町長さん、この町の治療院はどうなるんですか?」

「人材を集めて立て直すよ。今は他の町から派遣された者達だけで凌いでいる」

「そうですか……」

メディは考える。裁判の前日、メディは出張薬屋を開いていた。カイナ村と比べて、この町には人が多い。それだけ多くの人々が治療を必要としている。

治療院の惨状の影響もあるが、とても一日では治療などできない。このまま去っていいのかどうか、悩んでいた彼女を町長が察した。

「何も心配しなくていい。私とて、イラーザの件ばかりに追われていたわけではないのだよ。実は優秀な薬師と知り合えてな。彼が伝手となって多くの人材を派遣してくれることになった」

「そんな人がいるんですか。薬師……」

「彼は言っていたよ。薬師が薬ばかり作っていたら商売にならない、と。だからこそそのあの人脈なのだろうな」

「え……」

メディはその言葉に聞き覚えがあった。

「あの、その人って」

「ちょ、町長！　大変です！」

警備兵が慌てて駆け込んできた。メディを見るなり、なぜか懇願するような訴える視線を送る。

「何事だ」

「そ、そこにいるメディはいないかと大勢が押し寄せて……。薬を売ってほしいと殺到してます！」

「なるほど……。というわけだ、メディ。どうする？」

「はい！　もちろん決まってます！」

メディも慌てて駆け出したところで、躓(つまず)いて転んでしまった。アイリーンが起こして、
メディがぶつけた箇所を押さえている。

「いたたた……。アイリーンさん、どうもすみません」

「自分に薬を出すはめになるわけにはいかないだろう」

「その通りです……。あ、大丈夫です。歩けます」

「遠慮するな。こう見えても私は看護師を目指していたことがあってな」

久しぶりにアイリーンの夢話が出てしまった。出会った当初よりはマシになったが、その技術が活かされた例はあまりない。

エルメダも嫌な予感がしたが、アイリーンはメディをおんぶする。

「わっ！　こ、これはちょっと！」

「たまには労わらせてくれ」

「えぇっとぉ……。これは何か違う気がしますねぇ」

メディは顔を赤くしているが、アイリーンの表情は勇ましい。

「アハハ、そうしているとアイリーンさんってお母さんみたいだね」

「エルメダ、私は確かに昔は保母を目指していたがお母さんを目指したことはないな」

「……ごめん」

軽口が重大な大怪我へと繋がっては敵わない。エルメダは口を閉じた。

町長の家を出ると、門の前に大勢の人々が待ち構えている。おんぶされているメディにぎょっとしたものの、すぐに騒ぎ立てた。

「君！　薬を売ってくれ！」

「うちと取り引きしないか！」

「いやいや、君なら王都でもやっていける！」

クレセインの時と同様、勧誘する人間も少なくない。アイリーンとエルメダからすればメディへの評価は喜ぶべきものだ。

しかし当のメディはどうか。誰かを治療することしか頭にない彼女にとって、出世への誘いは魅力を感じない。ただでさえ治療院ではイラーザのような人間に手痛い目にあわされたのだ。

「わぁ、大変なことになってるわね」

「カ、カノエ⁉　今までどこに行っていたのだ！」

カノエは気配を悟らせずにアイリーンの間合いに入った。もしこのタイミングで攻撃されていたら、などと、アイリーンはカノエの実力の一端について考える。

当の本人は門の前に群がる大衆とメディを見比べていた。

「メディちゃん。ここで一発、宣伝しましょ。カイナ村には自分と薬湯があるってね」

「宣伝ですかぁ⁉」

カノエがまた何か言い出した。メディにとってカノエはアイリーン以上に摑(つか)みどころがない。

果たしてそれでいいのかと思ったが、自分に止める権利などない。

絶好のチャンスに対してメディは迷ったが決意した。ここでカイナ湯を宣伝すれば、村長の狙いである村興しにも貢献できる。

期待の眼差しを向けて、中にはメディ獲得を目論む者、薬の転売目的の者、病の完治を願う者などいろんな者達がいる。宣伝を行うならば、メディに注がれた熱意を利用しない手はない。

「メディちゃんが広く知られるチャンスでもあるのよ」

「私はともかく薬湯は知ってほしいです！」

「あなたもセットよ。忙しくなるけど、お金のことなら心配ないわ。臨時収入が入ったから」

「臨時収入？」

「さ、行きましょ」

メディの背中を押して、カノエはアイリーンも歩かせた。大衆に近づくにつれて、騒ぎが大きくなる。まるで貴族や王族でも来たかのような盛り上がりだと、エルメダはため息をついた。

メディが評価されるのは良いことだが、やはり善良な者達ばかりとは限らない。そういった者達を見極めて近づけさせないのも、護衛である自分の務めだと思っている。

エルメダも勇んでメディを守るように半歩先を歩く。

「娘の病気を治してくれ！　派遣された治癒師でも苦戦してるみたいなんだ！」

「腕の痛みが引かないんだ！」

「頭が割れるように痛いんだ……」

メディは数々の声を聞いたが、真っ先に治療すべき者を見定めた。大衆の中に走り出すメディを守るようにアイリーンとエルメダが先行する。

その過保護にも見える光景がおかしくて、カノエはクスクスと笑っていた。メディは頭が痛いと訴えた人物の手を握る。

「その頭痛は危険です！　お薬、出します！」

「ほ、ホントか……」

「俺も頼む！」

「こっちが先だ！」

メディは大きく息を吸い込む。自分勝手な主張をする者達に――

「こちらの方はぁ！　放置してると死んでしまうんですっ！」

メディの声量そのものは大したことないものの、気迫で危機感を訴えた。その場で調合釜を取り出して仕事に入る様は誰もが注目する。

無駄のない手捌き、成分抽出の要領は見る者が見れば神業と評するだろう。

「こ、これほどの薬師など王都でも見たことがない……」

「見事だなぁ」

「誰だよ、こんな子を追い出した馬鹿はよ」

頭痛がひどい患者に目をつけたメディは正しい。命に関わる病の為、メディはまず応急処置用のポーションを手渡してから次の薬に取り掛かる。

その手際にいつの間にか大衆は言葉を失っていた。レスの葉と魔力水の調合、更に獣人のドルガー隊が運んできた新素材のクラホフの実は様々な体内のトラブル防止に役立つ。

メディの抽出と調合ならば、血液のトラブルに絶大な効果を発揮した。完成したポーションは男性の体質を考慮されており、すぐに差し出す。

「お薬、出します！」

全員が固唾を飲んで見守る中、男性はポーションを飲んだ。少しの間、頭を抱えていた男性だが次第に表情が和らぐ。

「……痛みがウソみたいに収まったぞ」

「ば、馬鹿な！　そんなにすぐ効くのか⁉」

「治癒師じゃあるまいし……」

「いや、治癒師だってこんな一瞬で原因を見抜いて魔法で治療できるかよ」

まったく驚かないのはアイリーンとエルメダ、カノエだけだ。メディの手を握って感謝する男性の様子からして、大衆は本物だと再認識する。

男性の頭痛は放置していれば、死なずとも、下手をすれば一生、苦しむはめになる恐ろしい病だった。男性が礼を言って鼻歌を歌いながら離れた直後、皆が一斉にメディに押し寄せる。

「俺の腕の痛みをォォ！」

「喉が痛くて咳がひどくて夜がきついんだ！」

「尻が痛くて泣きそうなんだぁぁ！　見てく」

服を脱いで尻を見せつけようとした男性が謎の気絶を遂げる。アイリーンの目が光っていた。大衆を寄せ付けないようエルメダが手を広げてせき止めており、カノエが何かの旗を用意していた。

メディも初めて見るものであり、そこにはカイナ湯の文字と温泉マークが書かれている。

「はぁい、注目。カイナ村にはこちらのメディが作った入浴剤が投入された薬湯があるのよ」

「薬湯だって⁉」

「その効能は近所のおばあちゃんの膝の痛みがなくなるほどよ。他にも慢性の皮膚炎が治ったおじさんもいるわ。お風呂に入りながら治るなんて素敵じゃない？」

「し、信じられんが……」

メディの神業を見た後だ。大衆がざわついて、カイナ村について語り合う。

辺境の村であるカイナ村を知らない者が多く、情報交換が盛んに行われていた。

「カイナ村……。何もないところだと聞いたが……」

「なんでそんな辺境の村に！　もったいない！」

「治療院の事件は解決したんだろう？　だったらこの町でいいだろう！」

クレセインの時とは違う。メディはここまで自分が必要とされていることに感動していた。誰かを救えば、次にその救いを必要とする者が出てくる。また誰かを救えるようになる。メディは今まで真の意味で自分の役割をわかっていなかった。

仕事ではあるが善意の割合が大きかった為、半ば自己満足とも受け取られかねない。

今は違う。メディは明確に、自分は薬師であり、もっと多くの人に必要とされているとわかった。しかしそれでも尚、メディの心はカイナ村から動かない。

「すみません！　カイナ村は私の居場所なんです！　あの場所で薬屋をやると決めたんで

す！」

「そうだ。皆、あまり彼女を困らせないでほしい」

「メディの薬がほしかったらカイナ村においで！　薬湯もあるからさ！」

この瞬間、全員がその気になる。カイナ村というフレーズを胸に刻み込んだ。宣伝効果は絶大だったが、カノエは一つ大きな問題に気づく。

「……宿がないとねぇ」

その一言がメディ達の表情を強張らせる。薬湯があっても、外部からの客を宿泊させる場所がなければ意味がなかった。アイリーンはメディをなぜか再びおんぶをする。

「村に戻るぞ。宿の建設を急ぎたい」

「そうねぇ。すっかり忘れていたわ」

「ダッシュ！」

三人は一斉に駆け出した。

「ま、待ってくれ！」

「田舎の村より君は絶対に大きな場所で働くべきだ！」

「君の薬なら高値で買い取るぞ！」

諦めきれない者達が続く。しかしアイリーン達の速さには追いつけるものではない。どんどん引き離すが、メディは振り返った。

「カイナ村に来ていただけたらお薬、出しますっ！」

メディにはそれしか言えなかった。彼らの期待に応えられないのは少々残念だが、カイナ村はメディにとって第二の故郷となりつつある。

地位や名声に囚われない彼女の意思は固い。この日を境にカイナ村の名が売れるようになる。

薬師メディ。ゆっくりと時間をかけて、奇跡の薬師の名は確実に王国全土へと広まることとなった。

あとがき

どうも、ラチムです。本作品「お薬、出します！」を楽しんでいただけたでしょうか？

突然ですが皆さんはこんな場所があったらいいなと空想したことはありませんか？　本作の舞台はそんな空想から生まれました。のどかな場所、住んでいるのはいい人達。少し不便なところもあるけど、自然あふれる豊かな土地。魔物なんかはいますが、強い人達が何とかしてくれて、それが生計を立てることにも繋がっている。現実にはこんな都合のいい場所はないと思います。本作の舞台はそんな空想からできています。

キャラクターのほうは、いつもは戦闘能力が高い女の子が主人公の作品ばかり書いていたので、次は非戦闘職もいいかなという思いつきです。ところが書いてみれば、これが意外と難しい。戦闘であれば戦いに勝って強さを証明させればいいのですが、非戦闘職となると必然的に地味になります。そうなるとやはり周囲のキャラ達の評価がより重要になると思いました。素材の扱いや調合の知識、それらは当たり前ですがただ提示しただけでは優秀さが伝わりません。誰かが助けられて、それがいかにすごいことかを描写する必要があります。優秀か否かは相対的なものなので、比較対象や評価者が絶対に必要でした。

　そんな感じでWebで連載開始した本作ですが、ありがたいことに書籍化の打診をいただいて本当に嬉しいです。書くのが難しいと言いましたが、キャラクター自体の原案は連載開始前からありました。強すぎるけど、どこかとぼけた女性剣士。高い魔力と破壊力を持つエルフの少女。謎めいた忍風の女性。全員が戦闘能力が極めて高く、そんなキャラ達に認められて、仲間になったメディ。そんなキャラ達が田舎の町でスローライフ的な物語を展開する。しかし邪魔が入る。メディを認めたキャラ達がそれらを排除する。ありふれた内容ですが、この辺りはコンセプトとして固まっていたので楽でした。

　そのスローライフですが、おそらく現実としてはそう甘くありません。大変なことが多くあると思います。ですがその部分を排除して楽しそうに見せるのも物語の醍醐味だと考えております。本作のように割とイージーに問題がクリアされる作品があってもいいのです。なぜか女の子ばかりメインキャラに据える作品があってもいいのです。

　キャラの話に戻りますが、アイリーン達が強すぎると思わなくもないです。でも強すぎるほうがより安心感が得られる。そして脅威が迫ったとしても、なんとかしてくれるという頼もしさがあるはず。安心安全が保障されているからこそ、読者の方々にこの物語を楽しんでいただけると思いました。

買っていただいた方々、書籍化の際にお世話になった担当編集者様、イラストレーターの朝日川日和（あさひかわひより）様、出版の際に関わっていただいた方々にお礼を申し上げます。また、本作品にコメントを書いていただいたいつきみずほさん、ありがとうございます。次巻があれば、お会いできることを楽しみにしております。では。

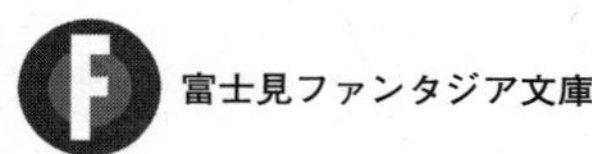

お薬、出します！

追放された薬師の少女は、極めたポーションで辺境の薬屋から成り上がる

令和４年９月20日　初版発行

著者――ラチム

発行者――青柳昌行

発　行――株式会社KADOKAWA
〒102-8177
東京都千代田区富士見2-13-3
0570-002-301（ナビダイヤル）

印刷所――株式会社暁印刷

製本所――本間製本株式会社

ISBN978-4-04-074652-4 C0193 ◇◇◇